AF576071

Homero Adame

MISTERIOS

Leyendas de San Luis Potosí

Todos los derechos reservados.
D. R. © 2023 Homero Adame
Misterios: leyendas de San Luis Potosí
2ª edición: 176 p.
San Miguel de Allende: 2024
3er tiraje: junio 2025

Ninguna parte de este libro podrá ser reproducida, archivada o transmitida en forma alguna por ningún método conocido o por conocer (electrónico, mecánico, fotocopiado, grabación, escaneo o cualquier otro) sin autorización expresa del autor y propietario de los derechos, excepto de breves citas para fines de estudio o análisis.

Ilustraciones e imágenes
Véase la lista de créditos al final de la página 174.
Contraportada: fotografía por Emilio Borjas Rubín de Celis.
Diseño editorial: K. Árkviachz

ISBN: 978-607-29-5026-9

Sistema de clasificación Dewey
398.2 - Literatura folklórica
1. Leyendas. 2. Mística. 3. San Luis Potosí

Clasificación THEMA
FN - Mitos y leyendas narrados como ficción

Primera edición: 2014
Graphstyle Publishers S. de R.L. de C. V. / Homero Adame Martínez

"El mundo es incomprensible; no vamos a entenderlo nunca; jamás vamos a desentrañar sus secretos. Por lo tanto, debemos enfrentar al mundo tal como es: un gran misterio."

Carlos Castaneda

LIBROS DE LEYENDAS DEL MISMO AUTOR:

El pueblo festivo (Novela). 1ra. edición: SMA, Guanajuato. Enero 2025.

Mitos y leyendas del norte de México. 1ra. edición: CdMx. 2024.

Mitos y leyendas de Nuevo León. 1ra. edición: SMA, Guanajuato. Octubre 2024.

Creencias, mitos y leyendas de animales. 2da. edición: SMA, Guanajuato. 2024.

Haciendas del Altiplano. Historia(s) y leyendas. Tomo I. Grandes latifundios virreinales. 2da. edición: SMA, Guanajuato. 2024.

Mitos y leyendas de huachichiles. 2da. edición: SMA, Guanajuato. 2024.

Haciendas del Altiplano. Historia(s) y leyendas. Tomo II. De la Independencia a la Revolución. 2da. edición: SMA, Guanajuato. 2023.

Mitos, relatos y leyendas de todo San Luis Potosí. 3ra. edición: SMA, Guanajuato. 2025.

Mitos, cuentos y leyendas de Nuevo León. Regiones Citrícola y Sur. 1ra. edición: Guadalajara, Jalisco 2022.

Leyendas de todo México. Aparecidos y fantasmas. Editorial Trillas. México. 2016.

Mitos y leyendas de todo México. Editorial Trillas. México, D.F. 2010.

Los títulos subrayados están disponibles en **Amazon**, en la categoría «Biblioteca Homero Adame».

Tabla de contenido

LEYENDAS DE ESPÍRITUS BENEFACTORES

LEYENDAS DE PERSONAJES POPULARES

LEYENDAS DE TESOROS

PRESENTACIÓN

A lo largo de mi trabajo como investigador de la tradición oral y "arqueólogo" de la memoria colectiva he publicado varios libros relacionados con la oralidad, empezando en el estado de Nuevo León, donde crecí, para seguir con el Altiplano potosino y luego con los 58 municipios de San Luis Potosí. Posteriormente extendí mis horizontes porque conceptualicé al Altiplano desde una perspectiva geográfica más amplia, comprendida por municipios de cinco entidades federativas con rasgos culturales en común, y por varios años fue mi área de trabajo por tratarse de una fuente inagotable de historias, de leyendas, de creencias y tradiciones. Tiempo después tuve la encomienda de escribir dos libros de mitos y leyendas de todo México con material que he recopilado a lo largo de los años durante mis viajes por toda la república. Cuando me propusieron escribir un libro de leyendas exclusivamente de la capital potosina me percaté de algo que había pasado por alto, pues había estado radicando en San Luis Potosí por casi dos décadas, una ciudad que había sido mi referente, que me había dado muchísimas satisfacciones y yo, a cambio, de ella sólo había publicado escritos turísticos y hecho trabajos de promoción cultural, pero de lo que es el núcleo de mi interés, la tradición oral, sólo había publicado tres leyendas de la capital potosina en sendos libros. Tras darme cuenta de esto, de inmediato acepté la propuesta y este libro fue el resultado. Un lustro más tarde, vale añadir, con dos colegas y amigos potosinos coordiné y nos enfocamos en un proyecto multidisciplinario de historia potosina y el primer libro con ese tema se titula *Judíos ashkenazitas en San Luis Potosí. Las familias*, cuya investigación fue de dos años. Durante la investigación escuché algunas leyendas, una de las cuales ahora incluyo en esta nueva edición de *Misterios*...

Puesto que las leyendas son consideradas un género menor o un subgénero en literatura (no obstante que los grandes novelistas y poetas de la literatura universal se han nutrido de la tradición oral para componer sus obras), armar un libro de tales características (oralidad manifestada en forma de mitos, leyendas, historias, anécdotas, relatos, cuentos tradicionales, creencias, historia oral, etc.) puede parecer tarea fácil o de poco esfuerzo creativo, pero en realidad no lo es ya que implica muchas horas de trabajo de campo y muchas más de seleccionar, transcribir y editar el material recopilado. Hay diferentes modos de armar libros de este tipo, desde la transcripción literal o casi literal de una entrevista o charla informal, hasta la recreación literaria de una leyenda o un relato. A lo largo de mi trabajo lo he hecho de distintas maneras, dependiendo del público al que se pretende llegar. Para este libro de *Misterios: Leyendas de San Luis Potosí* decidí combinar la oralidad con un tono someramente literario y para ello me basé en conversaciones formales e informales que tuve con mucha gente cuyos nombres aparecen en una lista de créditos incluida al final, sirviendo como agradecimiento por sus palabras y por el tiempo compartido. De tal modo recreé, a mi manera pero tratando de conservar el estilo narrativo de cada informante, las historias que me contaron. Al leerlas, uno podría pensar que así fueron narradas, pero lo cierto es que, salvo excepciones, una charla o entrevista toma diversos giros en su curso y pocas veces se da algo casi literal como para ser publicado, es decir, no todos los informantes o narradores tienen la habilidad de ser verdaderos contadores de historias. Un caso excepcional fue José Rosario Saldaña, de Real de Catorce, quien era de verdad un narrador nato –una de las muchas leyendas que me contó fue incluida en este libro porque es relevante para la capital potosina. Por otra parte, durante una plática informal o entrevista nos quedamos muchas veces en el relato, en la anécdota sin un contenido de leyenda, pero uno puede inducir la conversación a través de preguntas o referencias cruzadas ("plática saca plática", bien dicen por ahí) con el propósito de dar con lo legendario (la sustancia de misterio, como fue para este libro). En algunas de las historias aquí incluidas fue necesario recurrir a dos o más informantes sobre un mismo tema hasta poder dar con lo que andaba buscando y así completar un relato con el tono de leyenda.

Para este libro, originalmente me propusieron combinar leyendas o relatos conocidos con otros inéditos. Para lograrlo busqué la manera de no caer en el reciclaje o en el "refrito" con historias por demás conocidas y populares, como Juan del Jarro, la Maltos, la Dama enlutada o la *loca* Zulley, o de tres míos ya publicados: uno sobre la bailarina de bronce en el teatro de La Paz, otro sobre la presa de San José y, el tercero, sobre la citada Maltos. Así, me di a la tarea de buscar entre el material de mis archivos leyendas de la capital y después vino la ardua y poco creativa tarea de escuchar las grabaciones, en casetes, micro casetes y digitales, de muchos años de recopilación. Digo ardua y poco creativa porque, para mí, es más fascinante hacer el trabajo de campo y, en segundo plano, armar el libro, decidir qué historias seleccionar, qué tono llevarán, cómo recrearlas, editarlas, pulirlas, etc., hasta entregarlo a la editorial que lo habrá de publicar, o bien, autopublicarlo como se estila en la actualidad. En algunos casos de ciertas historias que ya había seleccionado, pero que las versiones encontradas en mis archivos no cumplían con el enfoque para este libro, decidí volver a hacer un poco de trabajo de campo, platicando a la sazón con gente por aquí y por allá, induciendo la conversación hasta lograr el objetivo de tener un relato con tintes de leyenda, dando como resultado versiones inéditas. (Aquí debo mencionar que para esta segunda edición, en algunos relatos agregué otras versiones con el propósito de evitar el desperdicio de páginas en blanco).

Además, para enriquecer el libro decidí agregar, al final de casi todas las leyendas, una ficha histórica o nota sobre el lugar, objeto o personaje aludido, esto con el propósito de ponerlo en el contexto histórico de la capital potosina. Mucha de esa información es relativamente fácil de obtener, ya sea consultando bibliografía o archivos digitales, pero otra no tanto y para ello recurrí al grupo de Imágenes Históricas de San Luis Potosí, en Facebook, cuyos participantes son en verdad conocedores de muchos aspectos de la ciudad y fueron de gran ayuda para completar lo que faltaba. Un agradecimiento a quien corresponda.

Es importante recordar, y recalcar, que las leyendas tuvieron su origen con el cristianismo y, literalmente, eran las lecturas que se hacían en los monasterios en torno a las vidas, obras y milagros de los santos y mártires. Con el transcurso del tiempo, el término leyenda tomó otro giro, nutriéndose de motivos de mitología, elementos del folklore, de creencias, de supersticiones, de las hazañas de héroes culturales. En la actualidad, la leyenda es considerada como todo aquel relato folklórico o tradicional que se transmite de generación en generación y cuyo desenlace puede resultar increíble y/o inexplicable. En un contexto más reciente, mucha gente tiene la idea de que las leyendas son aquellas historias de terror que, para que sea leyenda, debe haber un fantasma de por medio. Esa concepción es errónea, pero obviamente las historias de terror, de crímenes, de muertos y de apariciones fantasmagóricas son las más atractivas para cierto tipo de lectores.

Para esta nueva edición de *Misterios: Leyendas de San Luis Potosí* conservé las 35 historias originales (algunas tienen ahora una versión adicional) y agregué tres nuevas; se sustituyeron algunas imágenes, se realizaron las que acompañan las nuevas historias y se eligieron otras complementarias. El libro quedó dividido igual que en la edición original en cinco capítulos: 1. Fantasmas, 2. Religiosas, 3. Espíritus benefactores, 4. Personajes populares y 5. Tesoros, abarcando así una amplia gama (aunque limitada por falta de mitos fundacionales o cosmogónicos, epifanías vegetales, ritos de fertilidad, leyendas de animales totémicos o de fenómenos celestes o naturales) de temas con un contexto legendario y demostrando lo dicho en el párrafo anterior: hoy en día no todas las leyendas son de corte cristiano ni hablan exclusivamente de apariciones fantasmales o de asesinatos. Más aun, con esta pequeña selección de 38^{+} voces podemos ir un poco más allá de las leyendas como material de entretenimiento y conversación para ubicar a la capital potosina en un contexto del folklore y la mitología universal, puesto que, en esencia, algunas de estas leyendas contienen teofanías, milagros divinos, elementos mágico-religiosos y sobrenaturales, simbolismos, hierofanías, creencias, supersticiones, quimeras, héroes culturales, etc. que son parte de la universalidad, es decir, de la mitología y/o el folklore universal.

Como bien dijo Alfredo López Austin: "El pensamiento mítico no sólo está vigente, sino que sigue siendo el fundamento de las concepciones de una parte considerable de la humanidad. Es conveniente, por tanto, estudiar no sólo la persistencia del mito, sino la forma en que éste se entrelaza con todos los aspectos de la vida en las distintas tradiciones, cómo se convierte en uno de los medios de expresión de las cosmovisiones y cómo interviene en las distintas épocas y los diversos espacios como pieza imprescindible para la construcción de las culturas." Interpretado esto para un contexto local, en San Luis Potosí los habitantes también vivimos y convivimos, en cierta medida, con el pensamiento mítico.

Bien sabemos que las leyendas son prácticamente anónimas, que nadie puede atribuirse su autoría. Todo narrador las adopta como propias cuando las cuenta, y lo mismo hacemos quienes las publicamos en libros, revistas, blogs, sitios de Internet o redes sociales y, aunque las firmemos, lo cierto es que no son nuestras, más bien son nuestras versiones muy particulares. Por otra parte, un libro como éste lleva implícita la satisfacción de ver publicadas tantas voces, muchas de esas que al morir su portavoz muere con él o ella una plétora de anécdotas y recuerdos. Otra satisfacción es la de saber que hay muchísimos lectores siempre ávidos de aprender otras leyendas para contarlas a viva voz en algún momento, momento en que se apropian de ellas.

Homero Adame
SMA
Invierno 2024

Leyendas de Fantasmas

ÁNIMAS EN EL TÚNEL DEL TEMPLO DEL CARMEN

Cuentan que aquí abajo de la iglesia hay un túnel, pero sepa Dios si será cierto. Son cosas de antes, cosas que ya no se ven, pero de que hay túneles aquí en San Luis, sí hay. Ya ve, dicen que ahora que andaban abriendo unas calles para eso del drenaje encontraron muchos túneles y parece que los caminaron por abajo, pero muchos estaban tapiados; es que con tanto movimiento de camiones tiembla la tierra y si hay un túnel pues se caen las paredes, ¿no? Pero hay otros que fueron tapiados a propósito también. Eso dicen. Y luego también cuando andaban arreglando la Alameda hallaron unas entradas que bajan y los túneles van desde San José hasta San Sebastián. Dijeron que encontraron esqueletos abajo. Y otro túnel corría rumbo al Montecillo, pero estaba todo caído por abajo. Desde siempre han platicado de un túnel largo, largo, que va desde aquí del templo hasta un lugar que le dicen Las Pozas del Carmen; allá los frailes tenían otro convento. Según la cosa, los frailes carmelitas de aquel tiempo hicieron ese túnel para ir de aquí para allá y de allá para acá por abajo, porque había muchos gavilleros y también los indios huachichiles que eran muy traviesos. Entonces dicen que el túnel ese es muy ancho como para que quepa una carreta completa.

Hay muchas pláticas de los túneles, que si hay tesoros, que eran guaridas, que las iglesias se comunicaban por abajo y cosas de esas. Dicen que en lugares secretos abajo están guardadas reliquias muy antiguas, reliquias de la iglesia porque cuando la Revolución, los carrancistas andaban robándose las cosas de las iglesias y entonces los sacerdotes mejor guardaron las reliquias de más valor. Pero eso no es todo: yo he oído que el túnel de este templo está protegido por unas ánimas. Dicen que antes sepultaban a los sacerdotes en las iglesias y entonces parece que las ánimas de esos sacerdotes son las que cuidan las reliquias porque son cosas sagradas; las cuidan para que nadie se las robe. Dicen también que unos sacerdotes están emparedados, o sea que están sepultados pero de pie en una pared del túnel. Quién sabe si los emparedaron como castigo o qué, pero pienso yo que a lo mejor sus ánimas son las que cuidan las reliquias adentro del túnel.

Eso es lo que a mí me han platicado, pero no, yo nunca he visto ninguna aparición, pero sí dicen que si alguien que no esté comisionado se mete al túnel de este templo, entonces ve las ánimas de los sacerdotes y lo espantan para que se le quite y no se ande metiendo donde no debe.

ALGO DE HISTORIA...

Considerado como la obra cumbre del barroco churrigueresco potosino, en 1749 se colocó la primera piedra del templo del Carmen, el cual fue consagrado en 1764. La obra fue gestionada por los monjes carmelitas, que hacia 1743 ya tenían un hospicio, y se logró gracias a las donaciones del próspero matrimonio entre Nicolás Fernando de Torres y Gertrudis Maldonado Zapata.

EL CARRETÓN DE LOS CADÁVERES

Un tío de mi mujer trabajó muchos años en donde ahora es el parque Tangamanga I. En esos terrenos estaba la hacienda de La Tenería que por muchos años quedó medio abandonada, hasta que el gobierno los expropió para convertirlos en parque. Arreglaron lo que era la casa grande de la hacienda y también una de las trojes, donde ahora están las oficinas.

A ese tío de mi mujer, que murió hace como diez años, le gustaba platicar cosas de miedo y siempre contaba una historia que, nos aseguraba, a él le tocó ver cuando trabajó en esas tierras. Y afirmaba que lo vio varias veces. Decía que en las noches de verano, cuando había luna maciza, siempre pasaba un carretón por donde antes hubo un camino de herradura que llegaba a las trojes y a la casa de la hacienda. Él y sus compañeros veían ese carretón pasar, pero sabían que no era cosa de este mundo, sino algo así como una cosa fantasmal. O sea que el carretón no era real, ya no era real, pero debió haber sido real muchos años atrás, cuando la hacienda era productiva. Contaba que pasaba el carretón y se oían quejidos de gente y también las pisadas de los caballos o mulas que lo jalaban. Hasta se oían los latigazos del carretero. Seguía y seguía su camino el carretón hasta que se metía o se desaparecía en una de las trojes. Y también nos contaba que cuando pasaba olía a muerto, a cadáveres, pero que no era el mismo tufo apestoso de las pieles que encurten.

Y luego nos contaba que gente de más antes explicaba que lo de ese carretón fantasmal tenía que ver con una desgracia que pasó hace muchos años aquí en San Luis; una desgracia causada por una enfermedad que mató a mucha, pero mucha gente. O sea que hubo una epidemia y se murieron muchísimas personas, entre ellas trabajadores de la hacienda de La Tenería. Entonces, cuando atacó esa epidemia, cargaban a los muertos en el carretón y primero los llevaban a una troje de la hacienda –habrá sido para contarlos o reconocerlos– antes de llevarlos a darles cristiana sepultura en el panteón.

Eso es lo que nos contaba el tío de mi mujer, pero yo también he escuchado cosas parecidas de gente que dice haber visto esa carreta en lo que ahora es el parque, en la avenida grande ahí por donde está el teatro Carlos Amador. O sea que hay gente –trabajadores o visitantes que se quedan hasta muy tarde porque hay evento en ese teatro– que ha visto que pasa un carretón viejo y que el aire huele muy feo cuando pasa. A los que no saben esta historia se les hace raro que un carretón pase por ahí, pero los que sí saben mejor se santiguan como respeto a los muertos y a la Muerte.

ALGO DE HISTORIA...

El casco de la hacienda de La Tenería, cuyos orígenes se remontan a 1609, se encontraba en los terrenos de lo que hoy es el Parque Tangamanga I. Fue en 1982, cuando el gobernador del Estado, Carlos Jongitud Barrios, tuvo la iniciativa de convertir tales terrenos en un lugar para deporte y esparcimiento. Así, en 1983 se inauguró el parque con un área de 411 hectáreas. La antigua casa grande de la hacienda fue remodelada para albergar las oficinas del parque, respetándose también una de las trojes para instalar un museo.

INDEPENDENCIA
OBREGON

EL CARRUAJE DE LA MUERTE

Hace tiempo andábamos en León (Guanajuato) y me avisaron que un primo acababa de morir aquí en San Luis, así que nos regresamos para asistir al velorio. Llegamos a la casa ya tarde, nos cambiamos para ponernos ropa adecuada y de inmediato nos fuimos a la funeraria de La Paz, la que está en la calle Álvaro Obregón esquina con Independencia.

Anduvimos dando vueltas hasta que encontramos dónde estacionarnos sobre la calle Independencia. Ya íbamos caminando hacia el velorio cuando vimos que pasó un carruaje negro, muy elegante, y pensamos que era ese que tienen en el hotel Palacio de San Agustín. Se nos hizo raro que anduviera por ahí a esas horas, pero más raro que fuera en sentido contrario, o sea que iba en contra, hacia lo que es el norte de la ciudad.

Cuando llegamos a la funeraria, afuera se encontraban otra prima y su novio, en la entrada que da a la calle Álvaro Obregón. Ella estaba bien pálida, muy nerviosa, y su novio trataba de consolarla. Pensé que qué exagerada, pues nuestro primo había fallecido de una larga enfermedad y, además, ella no fue tan cercana a él. Le di el pésame y apenas pudo decir algo que ni entendí. Su novio me dio el pésame a mí y entonces le pregunté si mi prima estaba bien. Fue cuando me contó que habían salido a fumar un cigarro y estaban platicando muy a gusto cuando de repente vieron como si de la nada hubiera salido una carreta bien rara y que mi prima se puso tan nerviosa que empezó a temblar. Nada más decía: "es la Muerte, es la Muerte...", y que, según ella, el conductor de esa carreta era la Muerte misma. Su novio nos explicó que la carreta dio vuelta en la esquina, pero en sentido contrario y que ella ya no dijo nada, pero seguía temblando. Entonces mi esposa y yo les dijimos que no eran alucinaciones ni tampoco la Muerte jalando una carreta, sino que lo que habían visto era el carruaje del hotel Palacio de San Agustín que nosotros también vimos en la calle de Independencia. Poco después entramos los cuatro a la funeraria y mi esposa fue con mi prima por café o para darle azúcar o algo dulce para calmarla.

Más tarde, luego de dar y recibir los típicos pésames, nos sentamos a platicar con otros amigos y familiares. Comenté del carruaje que habíamos visto pasar y que mi prima y su novio también lo habían visto. Varios nos preguntaron cómo era, que si vimos al jinete o a las personas que iban adentro y cosas así. Ni mi esposa ni yo pudimos responder porque no nos habíamos fijado en eso. Luego alguien platicó una leyenda que cuentan aquí en San Luis y, según esa leyenda, por esa calle se aparece un carruaje fantasmal que da vuelta en la esquina, se va hacia el norte para luego tomar la ruta hasta el panteón del Saucito. Supuestamente, mucha gente lo ha visto en las noches cuando no hay tráfico y saben que es el carruaje de la Muerte que alguna funeraria usaba antiguamente para llevar a los difuntos al panteón. A mi esposa y a mí no nos dio miedo cuando lo vimos, pero sí sentimos raro cuando nos platicaron la leyenda, mientras que mi prima sí ha de haber tenido más sensibilidad cuando lo vio porque, aunque no sabía esa leyenda, supo que se trataba del carruaje de la Muerte.

Nota del autor: el lugar que ocupa la mencionada funeraria era antiguamente una residencia. En los años setenta albergó las oficinas de la Secretaría de Comercio, luego se convirtió en un restaurante de la cadena Charlie's, después fue una discoteca y finalmente, en 1993, se instaló allí la funeraria.

EL CENTRO DE LAS ARTES, ESPACIO FÉRTIL DE LEYENDAS

Resulta difícil concluir cuál es el lugar en San Luis Potosí que tiene más leyendas, si el cementerio de El Saucito o la antigua penitenciaría del Estado, donde ahora se encuentra Centro de las Artes. En el panteón se ofrecen recorridos nocturnos de leyendas, con puestas en escena, mientras que en el Centro de las Artes se dan recorridos por las instalaciones, con explicaciones de la historia del edificio y, ocasionalmente, de sus leyendas más conocidas cuando los visitantes las solicitan a los guías. Por un lado, cualquier cementerio es objeto de leyendas de misterio, de fantasmas y de terror; por otro, una ex penitenciaría más bien es un lugar de testimonios de dolor, testimonios de tortura.

Algunos testimonios recogidos con ex reclusos mencionan situaciones anormales, que para ellos fueron normales y no les dan un contenido misterioso. Por ejemplo, afirman recordar gritos, quejidos, ruidos, ladridos, pero creen que eran de reos en proceso de tortura o de perros de los vigilantes haciendo las rondas diurnas o nocturnas. Sí recuerdan que cuando los perros aullaban de modo lastimero, todos los reclusos sentían un temor inexplicable, mientras que los que se encontraban en tratamiento psiquiátrico se alteraban más de lo normal cuando se oían tales aullidos. Ninguno parece recordar, o admitir, situaciones misteriosas como apariciones fantasmales o ruidos de ultratumba. Sin embargo, cuando iniciaron los trabajos

de remodelación de la ex penitenciaría para transformarla en el Centro de las Artes, empezaron a contarse historias con cierta carga de misterio, por ejemplo, los trabajadores afirmaban sentir presencias, sentirse observados cuando no había nadie más, y eso les inquietaba. Durante la remodelación fueron descubiertas varias osamentas debajo de los pisos de algunos edificios y cada vez se llamó al INAH para que las levantaran e hicieran investigaciones. Curiosamente, en esos lugares era donde los trabajadores decían sentir presencias y sentirse observados.

Otro momento inexplicable: un par de días antes de la inauguración oficial, dado que iba a venir el presidente de la República, llegó como avanzada el Estado Mayor Presidencial para cerciorarse de que todo estuviera en orden y no hubiera riesgos de ningún tipo. La gente del Estado Mayor traía consigo perros adiestrados para detectar explosivos y cosas por el estilo; hicieron varios recorridos por todos y cada uno de los rincones del inmueble, sin que los perros se alteraran en lo más mínimo. Sin embargo, cada vez que pretendían entrar al área de Danza, los perros aullaban y se negaban a atravesar la puerta. Los mismos especialistas en peligros extremos vieron esto como algo inexplicable y tuvieron que hacer la inspección en el interior sin la ayuda de los perros. No encontraron nada de peligro en lo que antiguamente fue el área de dormitorios.

Desde que ha estado el Centro de las Artes en funciones, también se han dado casos de eventos inexplicables. Por ejemplo, durante los recorridos turísticos mucha gente dice que al pasar por donde estuvo el antiguo comedor se percibe el olor a comida, olor a rancio. Asimismo, mucha gente afirma sentir temor en ciertas áreas, y más cuando los niños lloran sin motivo alguno, principalmente al recorrer la parte trasera (oriente) del perimetral (un largo pasillo entre dos bardas de piedra muy altas que rodea todo el edificio). Otro ejemplo de situaciones misteriosas son los testimonios de gente que ha tomado fotografías y *selfies* y cuando las ve en sus computadoras o las imprime, nota que alguien más estaba allí, alguien que no era parte del grupo y no recuerda haberlo visto durante el recorrido. (En el caso de otras fotos se ven pequeños círculos de luz –llamados *orbes*, *orbs* u *orbis*–, pero esto no es misterio porque, se ha comprobado, son efecto y defecto de las cámaras digitales).

Se cuenta que una vez que andaba una familia de visita, los niños, un poco aburridos con las explicaciones del guía, se pusieron a jugar pelota mientras el recorrido pasaba por el jardín de Los Pirules. De pronto, la pelota desapareció misteriosamente, en el aire, para reaparecer minutos después, toda enlodada, cuando el lugar estaba seco y no había zoquete por ningún lado. Nadie supo explicar ese fenómeno.

Muchos empleados también cuentan historias de cosas extrañas que han sentido o les han sucedido. Por ejemplo, una de las intendentes cuenta que llegaba temprano a su trabajo y ponía en orden las oficinas que le correspondían. Terminaba una y se iba a la siguiente, pero de la nada oía ruidos y regresaba a la que ya había aseado para darse cuenta de que las sillas estaban movidas, cuando minutos antes y sin que hubiera alguien más a esas horas ella misma las había acomodado en su lugar.

Muchos vigilantes cuentan que en el perimetral han visto dos perros negros que no pertenecen a nadie y no tienen razón de andar por allí. Algunos explican, incluso, que al verlos les ha dado miedo porque echan lumbre por los ojos y espuma por la boca, y más porque saben, por voz de las leyendas, que los viejos reclusos cuentan historias de perros que recorrían esas áreas y ahora deben ser perros fantasmales.

Un buen número de esos fenómenos pueden ser

sugestiones o inventos de la gente, pero hay otros misterios inexplicables que han ocurrido. Por ejemplo, las cámaras de vigilancia una noche captaron movimientos extraños en el estacionamiento trasero. En el video se veía claramente que llegó un automóvil, entró y fue directamente a estacionarse. Entretanto, un bote de basura, a un costado de la puerta, se movió solo, cruzando de lado a lado. Cuando el vigilante se dio cuenta de eso, de inmediato envió a otros compañeros para ver quién más andaba allá, y resultó que no había nadie más que la persona que acababa de llegar en su automóvil. Revisaron el bote de basura y no había nada que lo pudiera haber movido. El video en cuestión fue analizado por varias personas, como la primera directora junto con un especialista, y nadie pudo explicar la causa de ese movimiento aparentemente sobrenatural. (No sabemos si el video todavía exista o fue borrado al reutilizar la cinta).

Hay áreas de la ex penitenciaría que se mantienen inalteradas y no han sido remodeladas para uso del Centro de las Artes. Una de ellas es el antiguo reclusorio de mujeres. No es un lugar abierto al público y sólo en ocasiones especiales se permiten visitas guiadas, pero se dice que allí han visto siluetas de mujeres, se han visto sombras, se han oído lamentos. Lo más sobrenatural es la manifestación de una persona decapitada que camina entre unos pasillos; creen que sea el fantasma de una mujer vestida con una bata de color gris.

Bien sabemos que para ser artista y creador se requiere sensibilidad y desarrollar de manera especial cualquiera de los cinco sentidos, pero no por contar con esa sensibilidad se desarrolla el sexto sentido y se es sensible a lo paranormal.

Desde que aquel espacio lóbrego y de opresión que fue

la penitenciaría se transformó en un espacio de expresión en las diversas manifestaciones artísticas, al lugar se le inyectó una dinámica tan distinta a lo que estuvo destinado originalmente. Pero algo, un algo del pasado tenebroso queda allí y sigue presente. Y ese algo en el interior del Centro de las Artes es todo aquello que se dice que sucede y es considerado como paranormal o extrasensorial. No es poca cosa y sí sólo cuestión de preguntarle a los guías, al personal, a los vigilantes, a los maestros o a los estudiantes sobre historias lúgubres que trascienden la leyenda porque están vigentes, es decir, mucha gente ha visto o oído cosas que van más allá de la lógica o la explicación.

Si al concluir la función nocturna de una obra o concierto, mientras caminas hacia la salida por los pasillos un tanto silenciosos sientes algo raro o crees ver una sombra o percibir algún ruido inexplicable, no te asustes, son cosas de ese algo que sigue allí, de manera intangible, en el Centro de las Artes.

ALGO DE HISTORIA...

El edificio de la ex penitenciaría de San Luis Potosí fue construido entre 1884 y 1904, según diseño del arquitecto Carlos Suárez Fiallo. Se inauguró el 5 de mayo de 1890 (sin estar del todo concluido) durante el gobierno del general Carlos Diez Gutiérrez y funcionó como prisión hasta marzo de 1999. Durante la administración estatal de 2003 a 2009 se rehabilitó el espacio para convertirlo en sede del Centro de las Artes, inaugurado el 27 de agosto de 2008. Desde entonces ha sido un referente de la cultura y educación artística en San Luis Potosí.

EL "COJO"

En el barrio de San Sebastián hay muchas leyendas. Una de las que más se cuentan es la de un hombre que quedó cojo y manco porque el tren le cortó un brazo y una pierna. No sé cómo fue el accidente, pero eso sucedió hace muchos años y fue real porque mucha gente que lo conoció de antes se enteró de eso y lo dieron por muerto, pero no se murió y desde entonces le decían el *cojo*. No sé cómo se llamaba, pero sí sé que era vecino del barrio y que trabajó muchos años en los talleres del tren. Nosotros lo vimos cojo en vida, cojo y manco, y ahí andaba por las calles de San Sebastián y era así como todo un personaje del barrio. No hablábamos con él, pero lo veíamos por las calles, lo saludábamos de lejos.

Cuando estábamos chavillos, siempre jugábamos futbol en la calle; había poco tráfico en aquel tiempo y nos juntábamos toda la racilla a jugar en las tardes, después de la escuela y de hacer las tareas que nos dejaban. Si la pelota se nos iba hasta la barda de la vía del tren, al que le tocaba ir por ella regresaba diciendo que allá andaba el *cojo*. Esto no tendría por qué tener nada de misterio, todos lo vimos que andaba por ahí porque a todos nos tocó ir por la bola más de una vez. El misterio que luego sí nos dio miedo fue cuando nos enteramos de que al *cojo* lo habían matado hacía ya mucho tiempo; lo habían matado en una bronca de cantina o algo así. No me acuerdo bien cómo nos enteramos, seguramente fue noticia en el barrio. Desde que supimos, cada vez que se iba la bola, por lo menos dos compañeros íbamos por ella por si acaso se nos

aparecía el *cojo*. Y varias veces sí andaba por ahí, aunque ya sabíamos que estaba muerto.

De esto que le cuento ya han pasado muchos años, muchos desde que jugábamos futbol y más desde que mataron al *cojo*, y aquí debería terminar de contar esto. Pero no, el *cojo* sigue por ahí, o más bien es su ánima la que sigue por ahí. Dicen que por la calle de Montante, al fondo donde pega con la barra del ferrocarril, todavía es fecha en que ven al *cojo* que anda por ahí. Lo ven con su bastón y con ropa vieja, bien neja. Los que no saben que es el fantasma de un muerto, seguramente piensan que se trata de un pordiosero; pero los que sí sabemos quién es, todavía nos asustamos con la idea de que se aparezca porque es fantasma.

ALGO DE HISTORIA...

El barrio de San Sebastián fue fundado en 1603 por fray Pedro de Castroverde cuyo propósito fue ubicar a familias otomíes y purépechas en espacios designados. A raíz de su fundación se levantó una pequeña iglesia, hoy desaparecida, y fue en 1708 cuando se inició la construcción de la actual, consagrada a San Sebastián en 1775. Tradicionalmente, este barrio fue asiento de comerciantes, ya que de ahí partían los caminos reales a Guanajuato y a la ciudad de México.

EL MONJE ENCAPUCHADO

Desde siempre han contado que en lo que es el Palacio Municipal han visto al fantasma de un monje encapuchado. La primera vez que yo oí de eso fue por plática de un señor que trabajó allí muchos años como velador. Él era un viejito que contaba muchas historias y a mí me sorprendía o más bien me asustaba esa del monje. Ahora de mayor uno ya no se asusta tan fácilmente con lo que cuentan de los fantasmas y los aparecidos a no ser que se le aparecieran a uno, y también con la edad y con el interés por las cosas uno piensa mejor y duda de las leyendas, ¿no? Esto lo digo porque sabemos que ese edificio histórico antes de ser Palacio Municipal fue la casa del obispo y más antes hubo ahí oficinas y escuelas. Entonces, para que digan que se aparece un monje debe ser de los tiempos de la casa del obispo. Y luego cuando la Revolución, el municipio la expropió porque quedó muy dañada por causa de los carrancistas. Algo así dice la historia.

Pero de la leyenda me acuerdo que don Toño, el viejito, nos contaba que muchas veces a él y a otros compañeros les tocó ver en la noche algo así como la silueta de un monje que iba todo cubierto con su túnica, o sea encapuchado. Por decir, cuando ellos estaban en la entrada, en el patio central o haciendo la ronda, escuchaban como cantos o rezos y era cuando veían al monje que caminaba con una vela en la mano y en la otra llevaba una biblia y un rosario.

Cuando don Toño entró a trabajar de velador le contaron esa leyenda y no la creyó hasta que le tocó ver al monje con sus propios ojos. Él y sus compañeros al principio se asustaban, pero luego se acostumbraron o se dieron cuenta de que no era más que la semejanza de un monje del pasado que no le hacía mal a nadie.

Uno de los compañeros de don Toño era más aventado y una noche se atrevió a seguir al monje para ver dónde mero desaparecía. Bueno, siempre empezaba bajando las escaleras y luego se metía por uno de los cuartos, pero aquella noche el compañero de don Toño lo siguió y buen susto se llevó cuando vio que el monje atravesó una pared que da con la catedral; parece que antes hubo una puerta, pero está tapiada. O sea que el fantasma bajó las escaleras, entró a un cuarto por una puerta normal y luego se perdió cuando atravesó la pared. Al otro día, ese señor fue a la catedral a preguntarle al sacristán si sabía lo del monje que atravesaba paredes, pero el sacristán no le quiso decir si sí o si no.

Eso es lo que nos platicaba don Toño y esa misma plática o leyenda ya la he oído de otras gentes que cuentan lo mismo, siempre de un monje encapuchado que se aparece en el palacio y atraviesa la pared que da con la catedral. Y también he oído que en catedral hay varios sacerdotes y obispos enterrados. Entonces se me ocurre pensar que la aparición del monje encapuchado puede ser el ánima de uno de esos padres u obispos.

ALGO DE HISTORIA...

El primer antecedente de construcción en donde se ubica el antiguo Palacio Municipal data de 1603, cuando se levantó la llamada Casas Reales. Hacia finales del siglo XIX fue demolido aquel primer edificio. La construcción que se conserva hasta la fecha comenzó en 1835 por órdenes de Antonio Rodríguez Fernández, quien la utilizó como comercio en la pare baja y residencia en la parte superior. Tras su muerte, en 1873, pasó a ser propiedad del Ayuntamiento hasta que, en 1892, fue vendida al obispo Ignacio Montes de Oca y Obregón, quien la convirtió en el Palacio Episcopal. En esa época, el obispo la dotó de un rico decorado francés e italiano que aún persiste, pese a los saqueos y vandalismo que fue objeto durante la Revolución y tiempos posteriores. Fue en 1915 cuando, luego de haber sido confiscado por los revolucionarios, lo cedieron al Ayuntamiento y operó como sede de las oficinas municipales hasta 2001, cuando el edificio fue convertido en el Centro Cultural Palacio Municipal.

HISTORIAS Y MISTERIOS EN EL SEGURO SOCIAL

Aquí en lo que es ahora el Seguro Social de la calle Cuauhtémoc antes fue una de las muchas haciendas de Saturnino Cedillo, un general muy bravucón de la época cristera. En donde ahora está el teatro del IMSS eran las huertas y sabemos que allí colgaron a mucha gente. A los que estaban en contra del general y los capturaban, aquí los traían y luego de azotarlos los colgaban. Yo tuve un tío que aquí murió y esto no me lo platicaron sino que yo lo vi: a mi tío lo capturaron y lo trajeron aquí y lo colgaron de los dedos de las manos y le amarraron los pies. Allí lo dejaron con otros compañeros hasta que se murieron. Yo estaba chiquillo y nosotros nos metíamos por unas alcantarillas de adobe para darles de comer a los prisioneros. Con una esponja en la punta de un palo les dábamos de tomar agua, pero ni así aguantaron y a los pocos días todos se murieron.

Cuentan muchas cosas de este terreno, por ejemplo de los muchos tesoros. Dicen que la gente del general Cedillo robaba mucho en las haciendas del Altiplano y traía las riquezas aquí y el general ordenaba que las enterraran en la huerta o donde estuvo la casa de la hacienda. Lo que yo sí sé de cierto es que cuando tumbaron todo aquello para levantar las instalaciones del Seguro, todavía había esqueletos colgados de unos árboles y en las norias había más esqueletos; nadie se atrevió a decir nada porque los gobernantes de entonces se quedaron callados para no meterse en problemas. Eran de los mismos. Y otra cosa, según los *asegunes*, con las máquinas sacaron tesoros que se repartieron entre los políticos de aquel tiempo.

Esto que le cuento es historia, historia que mucha gente mayor sabe, pero a lo mejor ya no la habla. Pero aquí en los terrenos del Seguro también hay otras historias, que son más de fantasmas, de ruidos, de luces, o sea, leyendas. Dicen que las luces y los ruidos muchas veces tienen que ver con los tesoros enterrados, pero eso de los fantasmas es otra cosa; unos creen y otros no. Por ejemplo, en lo que es el teatro pasan cosas raras. La gente que ha trabajado allí cuenta que se ven sombras, que se oyen ruidos como de lamento cuando no hay nadie y cosas así. Pero lo que más se platica es de un niño travieso que se aparece, se aparece porque es su fantasma. La gente de limpieza y los tramoyistas dicen que es el fantasma de un niño que hace travesuras, que mueve las cosas de su lugar, que las esconde por dos o tres días y luego aparecen de la nada. Una vez había una obra infantil y se desaparecieron dos pelotas que usaban en la obra. Las buscaron por todas partes y nada, pensaron que alguien se las había robado. Luego, al tercer día en plena obra que caen del techo las dos pelotas perdidas y no había nadie arriba.

También sabemos de otro niño que hemos visto vestido de azul. Yo lo vi una vez que ayudé a meter el equipo para una obra y ese niño estaba solo jugando arriba del escenario. Prendieron las luces y el niño empezó a correr, dando vueltas, hasta que se esfumó atrás del telón, pero lo raro es que atravesó el telón que ni se movió. Yo me asusté y me dijeron que no era nada, que era el fantasma del niño, pero que no hacía daño a nadie. Por no dejar lo buscaron, pero no lo encontraron. Ese es el mismo niño que muchas veces han visto en un lugar del teatro que le dicen "el paso del gato" y verlo allá es asombroso porque dicen que es muy complicado subirse a ese punto, pero para los fantasmas de los teatros nada es imposible.

ALGO DE HISTORIA...

A partir del siglo XX, el barrio de Tequisquiapam, que hasta entonces estaba rodeado de huertos y pequeñas propiedades, empezó a convertirse en una zona residencial. En este barrio vivía el general Saturnino Cedillo en una finca conocida como la Huerta Colorada, donde ahora se ubican las instalaciones del hospital del Seguro Social sobre la calle Cuauhtémoc. Años después, cuando Gonzalo N. Santos llegó a la gubernatura, convirtió esa huerta en su residencia y la llamó Quinta Tamuín. Al caer en desgracia este personaje, el terreno pasó a ser propiedad del Seguro Social y cambió por completo la fisonomía de ese sector ahora conocido como colonia Moderna.

LA BAILARINA DEL TEATRO DE LA PAZ

Dicen los que saben que en todos los teatros hay fantasmas y que pasan cosas raras. Esto lo digo tocante al teatro de La Paz, donde a mí me tocó ver algo muy raro que no entendí y ahora, muchos años después, todavía no entiendo y me queda como un asunto misterioso. Lo que le voy a contar pasó cuando mi hermana y yo estábamos chiquillos. Fue una vez que mi mamá tenía que ir a las tiendas y nos dejó encargados una tarde con mi tío Juan en el teatro de La Paz. Él trabajaba allí.

Estaba cerrado el teatro, nada más estaban allí mi tío y otro señor que andaba barriendo y trapeando. Como eran sus horas de trabajo mi tío nos dijo que nos estuviéramos quietos, sin andar correteando ni haciendo travesuras. Primero nos dio un paseo por todo el teatro y prendió las luces. Me acuerdo que se veía muy bonito. Era la primera vez que nosotros veíamos el teatro por adentro. Luego él siguió con su trabajo y mi hermana y yo nos quedamos en la entrada, donde es el vestíbulo. No me acuerdo si estábamos jugando o qué, pero de repente empezamos a oír que tocaban un piano y sonaba muy bonito. Fuimos a asomarnos por una puerta; las luces del escenario estaban prendidas y se oía el piano, pero no supimos dónde estaba la persona que lo tocaba ni tampoco vimos el piano. Luego oímos ruidos raros y nos dimos cuenta de que la estatua de la bailarina ya no estaba en su lugar, pero una mujer muy bonita estaba bailando sola, dando vueltas y vueltas. Luego cruzó una de las puertas, se subió al escenario y siguió bailando. Mi hermana y yo nos sentamos en las butacas de atrás y vimos todo hasta que la bailarina dejó de bailar cuando el piano dejó de tocar. Hasta aplaudimos al final porque bien sabíamos que en la escuela la gente aplaudía cuando terminaba un evento. Luego se apagaron las luces y nos salimos de allí para volver al vestíbulo. La estatua de la bailarina estaba otra vez en su lugar. Más tarde, mi tío Juan vino a donde estábamos y juntos esperamos hasta que llegó mi mamá por nosotros.

Esto que le cuento suena como leyenda, también lo leí en un libro y lo que dice es cierto porque así lo cuenta la gente, porque así lo vi yo, también lo vio mi hermana y ella se acuerda muy bien de eso. Pero estábamos chiquillos y no sabíamos que eso de la bailarina y el piano era como pura leyenda; no, nosotros pensamos que una muchacha muy bonita estaba bailando –no sabíamos eso de los ensayos y cosas así– y cuando le contamos a mi tío Juan aquella misma tarde, me acuerdo que él se puso pálido, pálido y nos dijo que no nos asustáramos, que no era nada.

Varios años después, una noche de cena en familia salió esta plática y mi tío Juan nos preguntó si en verdad nos acordábamos de la bailarina. Mi hermana y yo le dijimos que sí. Entonces él nos contó que lo que vimos no fue una bailarina de carne y hueso, sino algo así como el fantasma de la bailarina de la estatua que se pone a bailar sola con el sonido del piano cuando no hay nadie en el teatro, aunque sí hay siempre un vigilante o velador. Nos entró la curiosidad y le preguntamos eso del piano que oímos tocar y nos dijo que lo del piano que toca solo en las noches, o mejor dicho, la música de piano que se oye cuando no hay nadie, es algo muy antiguo y que todos los veladores lo han oído y no les da miedo porque saben que "las paredes oyen", que las paredes guardan sonidos que luego se reproducen como si nada. También nos contó que dos o tres veces al año, cuando no hay nadie en el teatro y suena el piano, la bailarina de la estatua se convierte en una mujer de carne y hueso, se pone baile y baile hasta que la música del piano se apaga. También nos contó de un señor que antes trabajaba allí de noche, don Lupe se llamaba, que una vez oyó un ruido en el vestíbulo y fue a ver qué era. Nada, la estatua de la bailarina se había movido sola, viendo a una pared, no a la entrada como siempre está, o sea que se movió la estatua, pero no el pedestal donde está parada.

Como le digo, la gente de los teatros cuenta cosas de fantasmas y cosas que nadie puede explicar. Mi hermana y yo vimos a la bailarina de la estatua bailar y también oímos el piano tocando solo; ahora sabemos que esos son de los misterios del Teatro de La Paz.

ALGO DE HISTORIA...

La construcción del teatro de La Paz inició en 1889 cuando Porfirio Díaz era el Presidente de la república. Se dice que se le dio ese nombre por la "paz porfiriana" que se vivía en esa época. El recinto fue inaugurado el 4 de noviembre de 1894, onomástico del gobernador de entonces –Carlos Diez Gutiérrez–, con la ópera italiana Lucrecia Borgia. En cuanto a la escultura de bronce de la bailarina, ésta fue realizada por el escultor potosino Joaquín Arias, quien tomó como modelo a su hija Célica Arias. La escultura fue develada el 20 de noviembre de 1951.

LA LLORONA

El llanto de la Llorona es de lo más feo que alguien puede oír en su vida. Mucha, muchísima gente que vive allá en el barrio de San Juan de Guadalupe la ha oído chillar, pero más antes cuando no había tantos coches y el río Españita no estaba pavimentado como está ahora. Mis abuelitos vivieron en ese barrio y cuando éramos niñas luego nos quedábamos a dormir en casa de ellos. Una noche pasó algo bien raro porque los perros estaban ladre y ladre, aúlle y aúlle, y los chiquillos nos pusimos bien nerviosos, teníamos miedo y no sabíamos por qué. Eran tiempos cuando casi no había televisiones y mis abuelitos no tenían, pero sí tenían un radio que mi abuelito escuchaba todas las noches, sentado en una mecedora. Esa vez mi abuelita nos sentó en la sala y pusieron una radionovela, creo que la de Porfirio Cadena que estaba de fama en ese tiempo. Los perros seguían ladrando y aullando y nosotros bien asustados sin saber por qué. Mi abuelita nos decía que no era nada, que a lo mejor iba a haber tormenta con truenos y rayos. Es que estaba muy nublado y chispeaba poquito desde temprano.

Más tarde nos llevaron a acostar y mi abuelita se quedó con nosotros leyéndonos cuentos para que nos durmiéramos, pero en eso que se deja oír un llanto muy feo, muy fuerte, y todos pegamos de gritos, hasta mi abuelita también. Entró mi abuelito al cuarto y algo le dijo a mi abuelita; a nosotros nos dijo que no era nada. Pero cuál nada, se volvió a oír el llanto aquel tan feo y nosotros hasta nos pusimos a chillar del miedo que teníamos. Yo no me acuerdo, pero dice mi hermano mayor que esa noche, entre el llanto, se oía que una mujer gritaba diciendo: "Ay, mis hijos, mis hijos". En aquel tiempo no sabíamos esta leyenda de la Llorona, pero luego, cuando la supimos, nos dimos cuenta de que nosotros sí la oímos aquella noche tan horrible y todavía se me pone la piel chinita, chinita nomás de acordarme.

Años después, cuando ya éramos más grandes y nos gustaba que nos contaran leyendas y cosas de miedo, mi abuelita nos preguntó si nos acordábamos de aquella noche en su casa. Claro que nos acordábamos y entonces nos explicó que lo que habíamos oído fue a la Llorona, la mujer que una tarde de mucha lluvia iba con sus hijos y trató de cruzar el río Españita, pero la corriente los arrastró. Se murieron ellos, pero la mujer no, y como nunca hallaron los cuerpecitos de sus hijos, ella se volvió loca. Desde entonces, todas las tardes y noches se iba a caminar por la orilla del río, llorando y buscando a sus hijos.

Más o menos así dice la leyenda de la Llorona, pero también cuentan que más bien ella ahogó a sus hijos y Dios nuestro Señor la castigó por toda la eternidad por haber cometido ese crimen tan horrible y por eso está condenada a vagar por el mundo buscándolos. Pero mi abuelita tenía otra explicación que era muy conocida en el barrio de San Juan de Guadalupe entre la gente de más antes, o sea que decían que cuando se dejaba oír el llanto de la Llorona por los rumbos del río Españita era porque iba a haber una tragedia en el barrio y que casi siempre se cumplía; a lo mejor no esa misma noche, pero sí al día siguiente o a los pocos días. O sea que la Llorona con su llanto así anunciaba que algo malo iba a suceder en el barrio.

Bueno, la Llorona sale o salía en el río Santiago; salía más antes cuando era un río natural, o sea antes de que pavimentaran. Cuando estábamos chicos íbamos al río en la época de lluvias y siempre nos decían que no nos quedáramos hasta que oscureciera porque salía la Llorona. Nos daba bastante miedo. Me acuerdo que decían que cuando la oían llorar era porque iba a haber alguna desgracia, que un ahogado, que un muerto por accidente o por crimen. A mí no me tocó, pero cuando se reventó la presa y se inundó todo San Luis, según contaba que desde días antes lloraba y lloraba la Llorona y la gente ya sabía que iba a haber una desgracia. Y la hubo, que si no.

No me acuerdo que hubiera agua todo el año en el río. Igual que ahora, o sea que sólo en la temporada de lluvias es cuando corre agua en el río o baja de la presa, y es cuando contaban que por ahí andaba la Llorona, o sea que cuando hay agua.

Lo que yo sé es que a esa mujer se le ahogaron los hijos en el río, no sé si en el Santiago o en otro, pero sí dicen que la oyen en otras partes del país. Yo tengo familia en Aguascalientes y dicen que allá también sale y espanta gente. Los que la oyen se enferman de espanto y solamente llevándolos con una curandera se curan.

ALGO DE HISTORIA...

Los orígenes del barrio de San Juan de Guadalupe datan de 1676 cuando aún formaba parte del territorio del barrio de San Miguelito. Se levantó una primera capilla en 1701, la cual ya no está en pie. La actual iglesia se empezó a construir en 1800, al mismo tiempo que el Santuario de Guadalupe.

LA NIÑA EN LA ZAPATERÍA

Cuentan que en la zapatería El Grillito Cantor, ubicada en la calle peatonal Hidalgo, se oyen ruidos y suceden cosas misteriosas. Muchas empleadas que han trabajado allí afirman haber tenido experiencias inexplicables, de miedo; algunas de ellas, inclusive, han renunciado a su trabajo después de pasar un susto. Por ejemplo, platican de una muchacha que andaba en la bodega buscando unos zapatos para un cliente cuando de repente escuchó que alguien le dijo, por su apodo: "Yiyi, ven, aquí tengo tus zapatos del número que buscas" y la señorita se sorprendió porque sabía que en ese momento no había nadie más en la bodega, aparte de que la voz no le resultaba conocida de alguna de sus compañeras. De todas maneras, ella respondió: "¿Dónde estás?". Y la voz le dijo: "Acá, ven, acá estoy". Se dirigió a la parte trasera de unos estantes de una marca de zapatos muy popular y solamente vio una sombra que se desapareció entre las cajas apiladas y los estantes. Yiyi empezó a gritar del susto. En breve llegaron algunas de sus compañeras y cuando se calmó les platicó lo que había escuchado y visto. Aunque muchas de ellas no querían creerle, otras dijeron que ya les habían platicado historias de esos ruidos o fantasmas. Yiyi no regresó al trabajo después de aquella tarde.

En otra ocasión, llegó una señora con su hija como de cinco o seis años para a comprarle zapatos porque el año escolar estaba a punto de iniciar. Era un sábado en la tarde de verano y había muchas personas en la zapatería. La niña se probó varios estilos de zapatos y finalmente su mamá decidió cuáles comprarle. Cuando terminó de pagar, se dio cuenta de que su niña no estaba junto a ella; volteó a todos lados y no la vio. Entonces se puso medio nerviosa y le preguntó a las vendedoras y a la cajera si la habían visto; también les preguntó a otros clientes y finalmente uno dijo que había visto a una niña chiquita subir sola por una escalera como si anduviera jugando a las escondidas con alguien más. La mamá, muy agitada, subió a esa bodega acompañada por una de las dependientas y, efectivamente, encontró a su niña jugando muy animadamente con una muñeca de aspecto antiguo. La mamá se calmó y le preguntó con quién estaba jugando y la niña le contó de su nueva amiguita, la cual no parecía estar por ahí; ni la señora ni la dependienta podían verla, aunque la niña aseguraba que estaba sentada junto a ella jugando con esa y con otras muñecas.

Es posible que haya una explicación a este tipo de fenómenos que, se dice, ocurren en ese preciso lugar de la zapatería. Según se cuenta, en ese predio hace muchos años existió un burdel y como en aquel tiempo había menos reglamentación, si un recién nacido moría lo enterraban en algún patio o debajo de cualquier piso para evitar tener que dar explicaciones a las autoridades y también evitar los rumores. Entonces dicen que las ánimas de aquellos infantes que no recibieron cristiana sepultura son las que ahora se manifiestan y asustan con sus ruidos y apariciones a las empleadas de la zapatería.

ALGO DE HISTORIA...

A partir de 1900, la calle Hidalgo fue cerrada al tráfico vehicular y desde entonces ha sido uno de los pasajes comerciales y turísticos más concurridos en la capital potosina.

La zapatería El Grillito Cantor fue establecida a mediados del siglo XX en un predio ubicado en la esquina de las calles Hidalgo y Mier y Terán. Anteriormente había estado ocupado por otra zapatería y antes por una tienda llamada "La Perla del Bajío", en la cual se vendían rebozos y otros productos potosinos.

SANGRE EN LA ALFOMBRA

Me platicaron que hace varios años pasó una cosa muy fea en una casa allá en el barrio de Santiago porque asesinaron a todos los de una familia. Esa familia era gente normal, buenos vecinos, pero la señora era muy presumida y siempre andaba de bocona diciendo que tenían que esto, que lo otro. Pero no eran tan ricos como ella decía y la casa donde vivían era rentada. También los hijos eran bien presumidillos en la escuela y se creían más que los demás. La gente pensaba que sí eran ricos porque siempre andaban bien arreglados, pero más bien unos parientes de la señora los ayudaban y les compraban ropa buena a los hijos. El papá administraba un negocio de refacciones y ganaba bien, pero nomás para tener un carrito medio furris. Como la señora era muy presumida, les decía a los vecinos que su marido iba a abrir sucursales de su negocio y cosas así, y que ya estaban en tratos para comprar una casa en las Lomas.

Una vez estaba la señora en un tendajo de esquina presumiendo sus mentiras de que iban a ir de viaje a Acapulco, de que ya iban a cambiar el coche, de que su marido le había regalado unas joyas y puras cosas así que nadie creía. Afuera de la tienda estaban unos chavos con su caguama caliente, de esos vagos buenos para nada y sin nada que hacer, y oyeron lo que la señora decía. Cuando ella se fue con el mandadito fiado, los gandallas la siguieron para ver dónde vivía.

Una noche, como a eso de las once, los vagos andaban bien encementados y borrachos cuando pasaron por la casa de esa familia. Se les hizo fácil meterse a robar. Al señor

lo golpearon bien gacho y a la señora también. Los hijos estaban dormidos, pero se despertaron con el ruido y bajaron a la sala. Allí estaban los ladrones y a los dos hijos los golpearon y a la hija la agarraron para abusar de ella. Tenía como dieciséis o diecisiete años. La señora estaba viendo todo eso y entre gritos y lloridos les decía a los vagos que no les hicieran daño, pero los vagos nomás se reían a carcajadas. "Hagan lo que quieran conmigo, pero a los niños no los maltraten", gritaba la señora. Para que se callara la golpearon más y a la hija ya la tenían encuerada, amarrada y amordazada para que no gritara. En algún momento, la señora agarró fuerzas, pudo levantarse y con un florero a uno de los vagos le rompió en la cabeza, botándole muchísima sangre. El tipo se puso como loco y sacó un cuchillo, amenazando a la señora. Ella le dijo que si la mataban a ella o a su marido iba a caerles una maldición, pero si abusaban de sus hijos les caería una maldición también a sus familias. Estaba tan enojada y asustada que le escupió al vago y éste le dio un cuchillazo y la mató. Luego, para no dejar testigos, mataron al papá y a los tres hijos, dejando un reguero de sangre en la sala, en la alfombra. Al único que no dejaron muerto fue a un perrito que quedó con las costillas rotas, pero se murió después. Quién sabe si habrán robado algo, pero podemos imaginar que no había joyas o cosas de gran valor. A lo mucho se habrán llevado la tele, el estéreo y las llaves del coche.

Al tercer día del crimen atraparon a dos de esos vagos y los metieron a la cárcel; al otro no lo pudieron capturar porque había muerto la noche anterior cuando se quemó la pocilga donde vivía. O sea que así empezó la maldición. Días después, en la cárcel acuchillaron a otro de los vagos en un pleito. Al tercero, por ser mayor de edad, lo llevaron a La Pila. Me contaron que un día lo encontraron muerto en su celda.

Así fue el crimen ese bien gacho y bien estúpido en

el cual murieron personas inocentes. Sin embargo, luego empezó la gente a contar cosas de esa casa, que en las noches se oían gritos y lloriqueos y ladridos de un perro, que en la sala de repente veían como bultos; haga de cuenta los cuerpos tirados, pero eran más bien visiones. Los dueños la pusieron en renta y los primeros inquilinos duraron menos de tres meses; no aguantaron. Tampoco aguantaron otras familias que la rentaron hasta que ya nadie la quiso rentar y se quedó vacía mucho tiempo porque, según decían, allí asustaban por ser una casa embrujada, porque en la alfombra y en el piso de la sala salían manchas rojas, como de sangre, que por más que lavaban no podían quitarlas. Dicen que estuvo abandonada bastante tiempo y que fue nido de drogadictos que hacían orgías. Para evitarse más problemas, los dueños mejor la pusieron a la venta y tampoco hubo quien quisiera comprarla. Mucha gente fue a verla y le gustaba la casa, pero tenía algo raro que terminaba espantándolos.

No sé, creo que esa casa ha de seguir embrujada por el crimen y a lo mejor haciéndole una buena limpia o un exorcismo se quita el problema y las ánimas de la familia asesinada puedan encontrar descanso.

ALGO DE HISTORIA...

En 1592, cuando se fundó la ciudad de San Luis Potosí, a los indígenas tlaxcaltecas y huachichiles que residían en la zona de la actual Plaza Fundadores se les destinaron tierras propias en lo que ahora son los barrios de Tlaxcala y Santiago. Se dice que fray Diego de la Magdalena, uno de los primeros frailes franciscanos, colocó una campana en un mezquite cercano para llamar a misa. La construcción de la actual iglesia de Santiago comenzó en 1804.

UN BULTO OSCURO Y EL CHARRO NEGRO

Por estos rumbos de Morales siempre han platicado las leyendas que la Llorona, que la mujer toda de negro que se sube a los taxis, que un espanto, que un tesoro y así –anticipa Hortensia Andrade. Hay una leyenda también del charro negro; es una leyenda muy antigua que dicen que por aquí por las calles pasa un charro, o sea el ánima de un charro que anda vestido de negro y trae sombrero de charro; a lo mejor es la semejanza de un ánima que va rumbo al Saucito, al panteón, y lo han visto a ese charro aquí por la calle de Bronce, por Arsénico, por la de Oro, aquí por todo el rumbo de Morales pues, o sea las calles principales y unas hacen esquina con Sulfato y con otras y por ahí lo han visto; eso dicen. Entonces esto que yo le cuento es desde cuando se aparecía ese charro negro y decían que se aparecía, y que se aparece todavía, porque iba a castigar a alguien y más que nada a las mujeres que eran infieles con sus maridos. Ha de saber usted que en aquellos años los maridos pues iban a trabajar a la minera y cuando alguien se enteraba que salió el charro negro es porque alguna de las mujeres casadas andaba de coscolina con alguien y por eso entonces el charro negro se aparecía y se aparece todavía para castigar a la pérfida mujer.

Esas son historias, leyendas pues, pero algo más real que yo sí sé y lo sé porque esto lo platicaba mi papá desde cuando estaba yo muy niña es de cuando sucedió que andaban unos hombres trepados en los andamios y en las partes más altas andaban sin andamios pintando el torreón

principal de la IMMSA y parece que uno ellos se cayó desde muy alto y se mató del costalazo -con el vuelo que llevaba, el ingrato apenas habrá tenido tiempo de pedirle perdón por sus pecados al creador- y quedó todo quebrado con la caída. Eso no apareció en el periódico, ni siquiera lo pusieron en las noticias porque, yo creo, los de la minera impidieron que se diera la noticia, pero la gente aquí se entera porque los mismos trabajadores, los compañeros, estaban ahí y ellos lo vieron al amigo que se cayó y quedó todo destrozado en el piso, se le quebró la cabeza toda y eso que traía protección del casco. Y pues ya avisaron a la familia y vinieron, lo cargaron y se lo llevaron a sepultar con el apoyo de la minera que sí les dio dinero y ayuda a los familiares o habrá sido a la viuda -sepa Dios si estaba casado. Le hicieron su velorio y todo al pobre infeliz y lo llevaron en procesión a enterrar al Saucito -habrá sido en la segunda o la tercera sección que es la de la gente más humilde. Luego algún periodista se enteró de eso, creo que en una cantina, y empezó a averiguar, pero los de la minera lo callaron, lo compraron y no escribió el reportaje.

Desde entonces, esto que le estoy diciendo es allá de -qué habrá sido- como de 1975 o poquito antes. Yo estaba chiquilla por ahí de 1970 y 1975 cuando mi papá ya platicaba de ese accidente y desde que pasó ese accidente tan triste entonces decían que por la calle de Oro que en las noches pasaba así como un bulto oscuro quejándose y dicen que era el ánima de ese pobre hombre que se murió porque se cayó del torreón ese grandote y alto y dicen que ahí va, que ahí va y que cruza las vías del tren y que le sigue en su lamento hasta el Saucito, pues, porque su ánima anda buscando descanso donde está enterrado su esqueleto.

Esto que le cuento luego mucha gente confunde esta historia con la del charro negro porque el charro negro es un charro, pero este muerto infeliz es un bulto oscuro que se ve en la noche que pasa por las calles. Es que, mire, luego le pegan la historia de uno a la del otro que no son la misma cosa. Le digo, cuando ven que se aparece es charro negro es porque va castigar a alguna persona que anda de coscolina y ahora ya no castiga nomás a las mujeres porque ya también castiga a los hombres que siempre andan de coscolinos y son más infieles que sus viejas. Y cuando se aparece el bulto oscuro es porque algo malo va pasar aquí en los rumbos de Morales. Eso dicen.

Eso es lo que cuentan del accidentado y si usted busca en los periódicos antiguos a lo mejor no va encontrar eso del accidente, pero si pregunta por ahí quién quite y todavía haya quien se acuerde de esa tragedia o hasta hayan conocido al infortunado hombre que se mató.

ALGO DE HISTORIA...

Los orígenes de lo que hoy se conoce como IMMSA (Industrial Minera México) se remontan a 1890, cuando Robert S. Towne instituyó una hacienda de beneficio que registró como Compañía Metalúrgica Mexicana (CMM) en sus tierras conocidas como Rancho de Morales. En sus inicios, esa hacienda fundidora fue popularmente conocida como Fundición de Morales. A lo largo de su historia, la CMM ha estado asociada a la American Smelting and Refining Company (ASARCO). En 1925 iniciaron operaciones el Departamento de Cobre y la planta de Arsénico; en 1926 se estableció el Departamento de Plomo, en 1982 se inauguró la Refinería Electrolítica de Zinc que luego incorporó una fundición de cadmio y una planta productora de ácido sulfúrico. Esa planta de zinc tuvo una ampliación en 2007.

UN MONJE EN RECTORÍA

Hace muchos años hubo un sacristán que contaba muchas historias de cosas que sucedieron y de cosas raras que todavía suceden en lo que es la Rectoría de la Universidad. Varias veces me tocó platicar con él y hasta me dio un paseo por los jardines. Todo ese sector es de lo más antiguo en la ciudad y allí pusieron los franciscanos la primera iglesia, pero luego pasó a los jesuitas y ellos construyeron otra iglesia y también el colegio –explica Manuel Suárez. No sé con exactitud cuántos años tenga el edificio, pero de que es muy antiguo, eso sí. Y allí han pasado muchas cosas, como la de un trabajador que se ahorcó en lo que viene siendo el auditorio o la de un muchacho que se cayó del segundo piso antes de que eso fuera la rectoría y quedó muerto. También me platicó de unos sótanos y túneles que recorren todo el edificio y los templos por abajo. Me dijo que los jesuitas los construyeron para esconderse y también para guardar cosas de valor. No sé si estén tapiados o si en verdad existan, pero así me lo contó aquel sacristán que no me acuerdo su nombre.

Una historia que se me quedó muy grabada es la de un monje que ven caminar en las noches por el patio y se desaparece en alguno de los cuartos, o sea que ven su semejanza, su ánima. Me contó el sacristán que allá por mil setecientos y tantos, a los jesuitas los corrieron de San Luis Potosí y de todas las colonias españolas en el mundo. Como era una orden que mandó el rey y también firmada por el Papa, pues los jesuitas no tuvieron más remedio que irse. Entonces los de aquí hicieron todo lo necesario para abandonar su convento y llevarse lo que pudieran. Pero

había entre ellos un monje ya mayor que estaba muy delicado de salud y no quiso irse. Le dijeron que se lo llevarían aunque fuera en contra de su voluntad porque, si no, a lo mejor lo matarían por órdenes del rey. El viejo monje no quiso entender razones y les dijo a sus hermanos de fe que él deseaba quedarse y morir en el convento, pero no nomás para morir sino para quedarse a cuidar el convento, la iglesia y las tumbas de otros hermanos enterrados en la iglesia. Pues habrá sido que sus hermanos entendieron o porque iba a ser difícil cargar con el viejito enfermo que a lo mejor hasta se les moría en el camino a donde pensaban irse, que le cumplieron su voluntad y lo dejaron en el convento.

El sacristán no sabía qué fue del monje viejito, si cuando murió lo enterraron en la iglesia, porque esa era la costumbre, o en uno de los panteones de antes. Pero me dijo que lo que sí era cierto es que el monje viejito cumplió su palabra y su ánima se quedó a cuidar el edificio. Es el ánima de un monje que todavía ven en los jardines y anda por todos lados como checando que todo esté en orden. Parece que mucha gente lo ha visto, o sea los veladores que han trabajado en el edificio.

ALGO DE HISTORIA...

La planta baja del edificio que ocupa la Rectoría de la Universidad Autónoma de San Luis Potosí fue construida entre 1625 y 1640 por los jesuitas, quienes tuvieron allí su convento y colegio hasta que en 1767 se vieron obligados a desocuparlo. De 1826 a 1853 albergó el Colegio Guadalupano-Josefino y años más tarde, a partir de 1861, fue la sede del Instituto Científico y Literario, agregándosele la segunda planta en 1880. En 1923 desapareció dicho instituto y se fundó la UASLP.

UN PACTO CON EL DIABLO

De la calle Zamarripa antes decían que era el Callejón del Diablo y mucha gente así le llama todavía. Hay varias leyendas que cuentan del diablo en esa calle, que desde siempre ha andado por ahí en forma de burro, en forma de perro echando lumbre por los ojos, en forma de cochino arrastrando cadenas y todas las leyendas concuerdan que cuando aparece el diablo, el aire huele a tufo de azufre.

Una de las leyendas que cuentan desde hace muchos años es la de un muchacho que era flojo, flojo como él solo. Creció en la calle Zamarripa, no trabajaba, no ayudaba en la casa, siempre estaba dormido y cuando no, se salía a la calle a ver pasar gente y a fumarse una cajetilla de cigarros que le robaba a su papá. No le entraba a la bebida porque en su casa nunca había vino y sus papás cuidaban mucho el dinero para que ese muchacho no los fuera a bolsear e irse de borracho. Como no trabajaba, no tenía dinero ni *pa'* los chicles; menos para comprar una cervecita. Sus papás se preocupaban mucho, le decían que hiciera algo de provecho con su vida, que tuviera amigos, que consiguiera un trabajo, que fuera a misa. Pero nada, era tan flojo que ni siquiera iba a caminar a la plaza de San Miguelito. Dos o tres veces trajeron al sacerdote y también a un doctor, pero el muchacho no estaba enfermo ni poseído, su mal era la flojera.

Una tarde estaba sentado en la esquina de la calle, fume y fume, y en eso que pasan dos chamacas muy bonitas y le gustó una de ellas. Quiso decirle algo a esa chamaca, pero no se atrevió; nomás la siguió con la mirada hasta que dio vuelta en la siguiente esquina. Y así ocurrió varias veces más, pasaba la chamaca acompañada con otra amiga y él se limitaba a mirarla, pero cada vez sentía que se estaba enamorando. En las noches no podía dormir por estar pensando en ella y en cómo enamorarla. Le dio vueltas y vueltas a sus pensamientos, pero nada se le ocurría y tampoco tenía ganas de ponerse a trabajar para ganar dinero y con eso cortejar y proponerle algo a la chamaca. Una vez que habían pasado como tres noches de no dormir, se acordó que la gente contaba cosas del diablo, que hacía favores, así que decidió ir a buscarlo.

A medianoche salió de su casa y empezó a invocar al diablo. Como no obtenía respuesta, caminó y caminó por toda la calle Zamarripa. Regresó a su casa ya de madrugada, bien cansado, y ni así pudo dormir. La noche siguiente hizo lo mismo y fue hasta la tercera noche que, mientras caminaba por la calle, se cruzó con un catrín en medio de cuatro esquinas.

—Me has andado buscando, ¿verdad?, ¿qué se te ofrece? –le preguntó el catrín.

El muchacho, sin saber que era el diablo, le dijo que no lo conocía ni lo andaba buscando, que estaba esperando a otra persona.

—Yo soy esa otra persona y puedo darte lo que quieras, como conseguirte el amor de la chamaca que te gusta. Tú nomás pide –le dijo el catrín.

—Pues eso, quiero tener dinero, verme guapo para gustarle a esa chamaca y que se enamore de mí –dijo el muchacho.

—Muy bien. Mañana te espero aquí mismo a esta misma hora y quiero que me traigas una cubeta llena de carbón.

La noche siguiente, el muchacho llegó a tiempo a la cita con el catrín y le entregó la cubeta llena de carbón.

—Muy bien. Veo que sabes cumplir tu palabra y yo también cumplo la mía. Lo único que te voy a decir es que la chamaca que te gustó no es de aquí y ya se fue de regreso a su pueblo y quién sabe si vuelva. ¿Quieres seguir con el trato? –le preguntó el diablo vestido de catrín.

—Sí, quiero ser rico y gustarle a las mujeres y así me ligo a una que me guste –contestó el muchacho.

—Muy bien, rico serás y siempre tendrás dinero en esta cubeta que parece llena de carbón. Pero se va a acabar al tercer año cumplido y si quieres más, entonces nos vemos aquí dentro de tres años y renovamos el trato –le dijo el catrín.

A partir de entonces, el muchacho cambió su estilo de vida. Se ajuareó de ropa nueva, fina. Salía temprano de su casa y volvía tarde. Sus padres estaban muy contentos porque pensaban que había conseguido un trabajo. Pero lo cierto es que no sabían que más bien se la pasaba de vago, yendo al cine o con las prostitutas y piropeando a las chamacas en la Alameda. Aunque andaba arreglado y luciendo joyas, las chamacas le sacaban la vuelta porque había algo raro en él. Eso empezó a darle coraje y volvió a ser flojo otra vez, desarreglado y sin ganas de nada. Y así se le acabó el dinero en la cubeta y fue cuando se acordó que tenía una cita con el diablo, pero no de la fecha exacta.

Varias noches fue el muchacho al cruce de calles para encontrarse con el diablo. Como no aparecía, empezó a gritarle y maldecirlo. Una semana más tarde apareció, igual vestido de catrín.

—Catrín mentiroso bueno para nada. Me dijiste que iba a tener suerte en el amor y nada, ni una mujer me hace caso –le dijo el muchacho.

—Yo te di lo que querías y cumplí, pero tú no cumpliste tu parte. Falta más de un año para renovar el contrato, pero más bien parece que te urge –le dijo el catrín.

—Mira, ahí muere. Si tú fueras el diablo cumplirías tu palabra, pero eres un catrín muy perfumadito que quería engañarme. Así que ahí nos vemos –dijo el muchacho.

—Nos vemos allí, aquí o donde quieras. Yo te di lo que pediste y ahora tú tienes que darme algo a cambio –le dijo el catrín.

—Sáquese de aquí, viejo maricón –le gritó el muchacho.

En eso se dejó sentir un ventarrón que levantó al muchacho, lo zarandeó en el aire y luego lo azotó contra la pared de una casa. Al día siguiente lo encontraron muerto y con un fuerte olor a azufre. Aparte de sus familiares, nadie quiso ir al sepelio porque sabían que había hecho un pacto con el diablo.

ALGO DE HISTORIA...

San Miguelito es uno de los siete barrios tradicionales de la capital potosina. Su fundación data de 1597, cuando era conocido como pueblo de la Santísima Trinidad. A partir del siglo XIX se le empezó a llamar pueblo de San Miguelito. Es el barrio más popular y conocido de San Luis Potosí gracias a lo que se menciona en la canción "Acuarela potosina", de Pepe Guízar, a quien apodaban *el pintor musical de México*.

Leyendas religiosas

MERCADO TANGAMANGA
FLORERIA TOÑO

EL CONVENTO DE LA MERCED

Una de las muchas historias de destrucción arquitectónica en San Luis –que no es algo nuevo, pues en la actualidad sigue ocurriendo en la Avenida Carranza, por citar ejemplos– tuvo lugar a mediados del siglo XIX. En donde ahora se ubica el mercado Tangamanga hubo un convento llamado de La Merced y se dice que el templo era de los más ornamentados en la ciudad. También se dice que en los siglos XVIII y XIX las fiestas patronales de La Merced eran las más concurridas de la ciudad, las más importantes. Cuando destruyeron el templo y el convento, la imagen de la virgen estuvo resguardada en Catedral hasta que fue llevada a una iglesia en la colonia Industrial Mexicana. Sin embargo, y como recuerdo histórico, los puesteros del mercado tienen una copia de esa imagen y le hacen su fiestecita en septiembre.

Cuenta la historia que el general zacatecano Jesús González Ortega llegó a San Luis Potosí y, por ser militar de alto rango, se sentía muy importante, sobretodo por contar con la confianza absoluta del presidente Benito Juárez. Ese militar se prendó de una chica muy hermosa, rica, de las mejores familias potosinas y empezó a cortejarla, pero ella no le hacía caso porque ese hombre le doblaba la edad y formaba parte del grupo de los liberales. Por más que trató de ganarse su cariño, con regalos, flores, cartas, ella lo ignoraba. Entonces el militar un día se le acercó y le dijo que iba a arrepentirse por su desprecio. Cumplió sus amenazas haciéndole la vida imposible al papá de ella, que era terrateniente y conservador. Para evitar que el militar siguiera acosando a su hija, el padre de ella decidió internarla en el convento de La Merced, y para que viviera dignamente, dio al convento una dote y ayudó a mejorar las instalaciones. Ella y su familia se sintieron tranquilas porque sabían que el militar no se atrevería a molestarla en el convento.

Pasó el tiempo y se dice que el militar iba todas las tardes al convento, pero jamás se atrevió a entrar. También asistía a las misas con el anhelo de ver a la chica que amaba. En algunas ocasiones coincidieron al terminar la misa y el militar trató de aproximársele, pero ella siguió rechazándolo, como también le devolvía sin abrir las cartas que le enviaba.

Gracias a sus gestas y a tener la ciudad en tranquilidad durante la Intervención Francesa, el presidente Juárez ascendió a González Ortega a comandante y desde entonces su poder fue mayor. Mucha gente potosina lo procuraba para pedirle favores o protección y lo invitaban a cenas y bailes, pero él seguía empecinado en lograr el amor de aquella jovencita a como diera lugar.

Una noche de borrachera, alguien le dijo al militar que los padres de la chica pensaban mandarla a vivir a la ciudad de México, donde supuestamente ya le tenían un pretendiente. Haya sido cierto o no ese chisme o rumor, el militar lo tomó como la peor afrenta y esa misma noche ordenó que destruyeran el convento, ante el azoro de los vecinos y de toda la comunidad potosina que nada pudieron hacer.

No se sabe si durante la destrucción murió alguna de las monjas ni tampoco se sabe qué sucedió con la jovencita. Sin embargo, a más de ciento cincuenta años de aquel hecho atroz, muchos locatarios del mercado y gente que vive en los alrededores cuentan que en ocasiones se oyen gritos y llantos, así como piedras que caen como si sucediera un derrumbe. También cuentan que ciertas noches han visto las siluetas de lo que parecen ser monjas que cruzan la calle entre el Jardín Colón y el mercado Tangamanga.

ALGO DE HISTORIA...

El templo y convento de La Merced fueron levantados entre 1680 y 1686. Fue este templo la primera construcción barroca de San Luis Potosí. Existe en resguardo de la Universidad Autónoma de San Luis Potosí una placa de cobre que da fe de la construcción del mismo. En 1862, la iglesia fue destruida por órdenes del general Jesús González Ortega, y todavía estaba en pie el convento, hasta que fue demolido en 1867. Años después se tuvo la intención de formar en esta área un jardín en honor al descubridor Cristóbal Colón. Esa es la razón por la que recibe el nombre de Jardín Colón.

EL SANTUARIO DEL DESIERTO

Cuentan que hace muchos, pero ya muchos años, cuando aquí no existía más que una ermita muy humilde dedicada a San Juan Bautista, había un cura al que le daba por venir a estos rumbos porque eran rancherías muy pobres y quería ayudar a los lugareños a que aprendieran el catecismo.

Muchas personas que vienen me preguntan por qué existe esta iglesia en medio de la nada, no hay pueblo cerquita, y yo les cuento lo que me han platicado que viene siendo como la leyenda. Todo empezó una vez que andaba una pastorcita con sus cabras aquí en el monte y se le apareció una niña muy bonita, vestida con un vestidito blanco, muy fino. La pastorcita se asustó, se fue corriendo a su casa y les contó a sus padres, pero no le hicieron caso. A los pocos días que se le aparece la niña otra vez y le habló, le dijo que quería que le construyeran una iglesia. La pastorcita les volvió a contar a sus padres y tampoco le creyeron. Fueron como tres veces más las que se le apareció la niña a la pastorcita y en una ocasión que iba pasando aquel cura en su burrito, la pastorcita se acercó para saludarlo y aprovechó para contarle al cura lo de la aparición y él sí le creyó porque le preguntó cómo era la niña aparecida. Pues que así, que muy bonita, que muy bonito su vestido, que ella brillaba como el sol y que quería que le construyeran una iglesia.

La siguiente vez que vino el cura trajo consigo imágenes de la virgen y se las enseñó a la pastorcita. Ella aseguró que era igualita a la niña que se le había aparecido. Entonces el padre decidió que construyeran la iglesia. En San Luis habló con sus superiores, y también con los de Guadalajara hasta que consiguió licencia para construirla.

Allí en la fachada están las fechas cuando empezó y terminó la construcción, que tardó más de veinte años. Todo ese tiempo el cura estuvo al frente de los obreros hasta que quedó terminada a su gusto. Ese cura fue el primer sacerdote de aquí, y cuando murió, aquí mismo lo sepultaron porque ese fue su último deseo, pero se ha de haber perdido su lápida cuando arreglaron aquí.

Aquí también aquí está sepultado el padre Herminio A. Pérez que nosotros conocimos y estuvo muchos años encargado de esta iglesia.

De la pastorcita no se sabe más, ni cómo se llamaba, pero gracias a que se le apareció la virgen tenemos esta iglesia que recibe miles de visitantes y se asombran de que sea tan bonita y que tenga una de las imágenes más importantes de nuestra Virgen de Guadalupe.

ALGO DE HISTORIA...

En el lugar donde se ubica el Santuario del Desierto hubo una ermita dedicada a San Juan Bautista que fue levantada entre 1613 y 1625 por el padre Juan Barragán Cano. Esa ermita fue derruida para comenzar la construcción del actual santuario, en 1735, con donaciones de Francisco Maldonado Zapata, cuñado del hacendado Nicolás Fernando de Torres. La construcción concluyó en 1755 y se decoró la iglesia con un fastuoso retablo barroco, de los pocos que permanecen en el estado de San Luis Potosí. Existe en la iglesia una imagen de la Virgen de Guadalupe, obra de Lorenzo de la Pyedra y fechada en 1625, la cual es considerada como una de las más antiguas de México.

EL SEÑOR DEL SAUCITO

Pues verá usted, yo no estoy muy bien enterado del asunto ese de cómo llegó nuestra imagen aquí al Saucito. Hay varias pláticas, eso sí. Por ejemplo, yo he oído decir que se apareció completito en un árbol cuando aquí ni siquiera era colonia, cuando estaba en despoblado, y que se le apareció a un señor que andaba cortando leña y que la imagen aparecida le habló y le dijo que quería que le construyeran una iglesia. También dicen que pasó por aquí un arriero con sus mulas de carga que iban creo que a Zacatecas y que una de las mulas se quedó atrás, se quedó sola, y cuando la encontraron más tarde y abrieron la caja que traía en el lomo descubrieron enterita la imagen del Señor del Saucito.

Esas son dos historias o leyendas, pero aquí le va otra que parece que cuentan los curas en el catecismo –ha de ser la historia correcta, digo yo porque es la palabra de los curas. Dicen ellos que aquí eran huertas de una hacienda cuando San Luis era un pueblo chiquito –ahora está muy crecido, con hartos fraccionamientos para este lado– y parece que había muchos huizaches y mezquites por todo este rumbo. Entonces resulta que a un carpintero que tenía su negocio allá por donde ahora está el mercado República le encargaron un trabajo de madera fina. Como en aquellos años la gente nomás ganaba *p'al* monte, pues agarraba lo que pudiera siempre y cuando no fuera propiedad ajena, ¿verdad?, y ese carpintero se vino por este rumbo a buscar la madera que le hacía falta. En eso vio un sauce grandote

y se le hizo fácil cortarlo para llevarse la madera. Pero el carpintero se dio cuenta de que primero como que el árbol se quejaba porque lo estaba cortando, y luego se fijó bien y se dio cuenta de que el tronco y las ramas hacían forma como de cruz. No, pues mejor trozó el sauce para sacar la cruz completita y luego el resto de la madera la usó para su trabajo, ¿verdad?

Y así estuvo la cosa. El carpintero cumplió con el pedido y luego talló la cruz, pero como le sobró madera, entonces se puso a trabajar la imagen de un Cristo para que hiciera juego con la cruz. Cuando terminó, le comenzó a ir muy bien al carpintero, y todo por gracia del Cristo –muy milagroso, es muy milagroso. Creo que después la regaló a la iglesia y como les dijo en dónde había encontrado el sauce, pues el obispo bendijo la cruz y al Cristo y luego le hicieron su capillita aquí mismo. Sí, la capillita vieja de El Saucito porque esta parroquia es más nueva.

Uno de los primeros milagros que hizo señor del Saucito fue a un campesino que de tanta hambre que traía se comió unos huevos de víbora y se intoxicó. Estaba al borde de la muerte y comoquiera tuvo un momento de lucidez para encomendarse a nuestro señor Jesucristo. Dicen que estando en su lecho de muerte, en su humilde casa, bajó una luz del cielo y así le hizo milagro de salvarlo de esa muerte que ya estaba segura. Por eso a los pies de la imagen del señor del Saucito hay unos huevos en forma de marfil que, dicen, el mismo campesino donó como agradecimiento y manda por haberlo salvado.

También se habla de muchos milagros que ha hecho este Cristo milagroso a gente que por alguna causa se ha tragado que algún balín, que alguna bala, que una canica y se encomendaron con fe a la imagen milagrosa del señor del Saucito y gracias a su fe Cristo les cumplió y se salvaron.

Hay también algunos milagros chuscos que luego cuenta la gente como, por decir, "que me escapé de la casa y me encomendé luego para que no me regañaran mis papás", "que me encomendé al Señor del Saucito para que la policía no me pescara", "que gracias al Señor del Saucito mi esposa no me cachó en la movida", y así muchas que cuenta la gente. Y por eso existen los retablos (exvotos) que hace la gente y los deja como prueba del milagro concedido. Esos retablos muchas veces son cosas chuscas.

La primera ermita que hubo en este lugar, ermita que hicieron los sacerdotes para cristianizar a los huachichiles, es esa pequeña que está enfrente de la iglesia de nuestro Señor del Saucito; es una capillita dedicada a nuestra Virgen de Guadalupe y los antiguos huachichiles le cobraron buena fe a ella porque hubo muchas apariciones y también milagros que les hizo.

ALGO DE HISTORIA...

Sobre la imagen crística del Señor del Saucito, Rafael Montejano y Aguiñaga escribió:

"Por 1820 un vecino de oficio carpintero, al derribar un sauz, vio que una parte del árbol tenía la forma de una cruz perfecta. Con ella mandó tallar una escultura de Ntro. Sr. de Burgos, misma que por 1825, fue reformada por el escultor José Ma. Aguado y bendecida por el párroco de la ciudad. Enseguida se le edificó una ermita, y empezó el culto a la imagen, bajo la advocación de Ntro. Sr. de Burgos del Saucito –por la pieza del árbol que sirvió para tallar la imagen–, o simplemente Ntro. Señor del Saucito, nombre que le fue impuesto a la fracción o rancho."

LOS BARCOS DE CRISTAL

Hace muchos años, aquí en Real de Catorce la gente le tenía mucha fe a nuestra Virgen de la Purísima Concepción, que es la patrona, mientras que a San Francisco de Asís poco lo conocían, pero gracias a sus numerosos milagros ha ganado infinidad de devotos.

Cuenta una leyenda que el primer milagro de San Francisco de Asís se dio en altamar, cuando de España venía un barco. Entre la isla de Cuba y el puerto de Veracruz azotó una tormenta que volteó al barco y lo hundió. Ha de haber sido horrible; con sólo imaginarnos la agonía de mucha gente que murió ahogada y de los muchos otros que luchaban con todas sus fuerzas para salvarse. Entre los que intentaban salvarse había tres marineros muy experimentados en las travesías por altamar y, a pesar de toda su experiencia, también sintieron miedo porque estaban seguros que ya les tocaba la hora de morir. En eso vieron que de la nada llegó un hombre de barba y que venía parado sobre una tabla que estaba flotando. Él les dijo que tenían mucha vida por delante y los ayudó a salvarse, llevándolos a la orilla. Más que agradecidos, los tres marineros le preguntaron quién era y dónde podían encontrarlo. El hombre barbado les contestó que su nombre era Francisco y que vivía en un pueblo llamado Real de Catorce. Antes de despedirse les dijo que si algún día iban a ese pueblo, allá podrían encontrarlo.

Los marineros llegaron a México y contaron a mucha gente sus peripecias y cómo se habían salvado. Todos dijeron que fue un milagro divino. Esos tres marineros

mandaron hacer un regalo para llevárselo a don Francisco como agradecimiento. Le pidieron al mejor artesano que les hiciera tres barcos de cristal, costaran lo que costaran. El artesano trabajó con mucha dedicación y se tardó varios meses en terminar los barcos solicitados. Cuando se los entregó a los marineros, los tres fueron personalmente a Real de Catorce para darle los regalos al enigmático hombre que los había salvado del naufragio. Anduvieron preguntando a los lugareños por un tal Francisco y la gente los mandó con todos los Franciscos que vivían en el pueblo en ese tiempo. Ninguno era el que habían visto en el mar.

Sin saber qué hacer, entraron a la iglesia del panteón y fue cuando vieron la imagen de San Francisco de Asís, que en aquel tiempo allá estaba. Entonces se dieron cuenta de que él había sido el que los salvó del naufragio. Supieron que de verdad había sido un milagro divino porque era una imagen y ellos lo habían visto como persona en altamar.

Los marineros dejaron como ofrenda los tres barcos de cristal y, según cuenta la historia o la leyenda, esas fueron las primeras ofrendas que recibió la imagen de San Francisco de Asís en Real de Catorce, aunque años después –a mí no me tocó–, el obispo de San Luis estuvo aquí de visita y cuando vio los barcos le gustaron tanto que se los llevó para tenerlos en tres iglesias de la capital. Pero cuando estaban los barcos aquí, la gente empezó a decir que San Francisco obraba muchos milagros y así fue creciendo su fama porque, sí, es un santo muy milagroso.

ALGO DE HISTORIA...

Se cree que los barcos de cristal, en forma de carabelas, hechos con prismas y que servían como candiles, fueron elaborados en 1788 por petición de Joseph Antonio de Otaegui, quien donó uno de ellos, como exvoto, a la iglesia de La Merced en la capital potosina. Cuando ésta fue destruida, en 1862, la carabela o candil fue cedida a la iglesia de San Francisco, donde sigue hasta la fecha.

Se dice que fueron tres los barcos de cristal, mientras que otras versiones afirman que fueron siete. En San Luis Potosí se conocen dos, el mencionado en la iglesia de San Francisco y otro que está en el Santuario de Guadalupe. Nadie parece saber dónde quedó el tercero, si acaso existió o existe, pero hay también algunas leyendas urbanas sobre su paradero que hablan de un rector de la universidad que se lo apropió e historias por el estilo.

SAN FRANCISCO EN LOS TÚNELES

Hace muchos años la gente mayor contaba que en las noches de luna veían a unos monjes caminar por la calle atrás de la iglesia, pero que en realidad no caminaban porque no se oían sus pisadas, sino que más bien iban como flotando. Algunos de esos monjes de repente desaparecían como si se los tragara la tierra y otros atravesaban las paredes de la iglesia. Esas leyendas nos las contaban a los chiquillos y nos daban bastante miedo. Yo nunca he visto eso ni cosas de fantasmas, pero hay gente que dice que sí, que a esos monjes todavía los ven en la calle, siempre flotando. Y algo ha de haber de cierto porque parece que aquí en Villa de Pozos existe un túnel que va de la iglesia a lo que era el antiguo claustro de los franciscanos. Según las pláticas de más antes, en la parte de abajo hay o había esculturas de San Francisco y cuando los frailes bajaban para hacer sus oraciones o para ir del convento a la iglesia, siempre los guiaba un hombre joven, con barba tupida y oscura, que llevaba un quinqué para aluzar y que los monjes no tuvieran algún contratiempo o no se perdieran en el laberinto de los túneles. Cuentan que ese hombre joven era el espíritu del mismo San Francisco que así protegía a los frailes de su orden.

Dicen que cuando hicieron unos arreglos en el centro del pueblo y en la iglesia encontraron una entrada al túnel. Las personas que tuvieron permiso de las autoridades para meterse y caminarlo por abajo luego contaban que había arcos con celdas para los frailes y que en cada una de esas

celdas había una imagen de San Francisco de Asís. Decían que eran imágenes aparecidas porque son exactamente iguales y no es posible que un pintor haya hecho copias exactas en las paredes, porque los colores son iguales y las imágenes de nuestro santo también.

También decían que el túnel era muy largo, pero estaba tapiado en una parte donde ya no pudieron caminarlo y, según contaban esas personas, es la parte que sigue y sigue hasta llegar a la iglesia de San Francisco allá en San Luis. Está lejos, pero a lo mejor sí es cierto. Y también decían que estaba feo allá abajo porque en unas partes había nidos de serpientes y en otras un enterradero de calaveras.

Pero yo creo que esto de las celdas en la parte del túnel de Villa de Pozos y las imágenes aparecidas de San Francisco sí ha de ser cierto porque me acuerdo que nuestra gente de antes, o sea los abuelos y los abuelos de ellos que les platicaban lo mismo, siempre decían que San Francisco se aparecía en espíritu para proteger nuestro pueblo Villa de Pozos y que siempre andaba en los lugares sagrados para que los frailes propagaran la fe y ayudaran a la gente a ser buenas personas. Ahora sabemos que aquí ya no hay convento ni frailes, pero la fe a San Francisco sigue siendo muy grande y desde el cielo él nos cuida y nos protege y por eso nosotros le tenemos fe y le hacemos su fiesta muy bonita cada 4 de octubre.

Así en historias de familia, mi padre cuenta que un hermano de su abuelo fue el sacristán en el templo de Villa de Pozos y ese sacristán contaba que tenía órdenes del sacerdote de bajar al sótano para encender velas y dejar agua y flores. Eso era todas las tardes antes del anochecer, o sea a la hora de las ánimas que le llaman, y el propósito era velar por el descanso eterno de las ánimas de los sacerdotes que estaban sepultados en ese sótano. Bajaba por una escalera allí a un lado del altar y ponía las ofrendas y luego rezaba junto con las ánimas, o sea que él oía a las ánimas rezar y las acompañaba en el rosario.

No sé sí sean catacumbas o un túnel que da al cementerio, pero entiendo que hace muchos años hicieron arreglos a la iglesia y ya no existe la entrada al sótano o al túnel; la tapiaron. Digo túnel porque en Villa de Pozos platican mucho de ese túnel que ha de dar a las casas prominentes del centro con el templo. Eso no es todo, también platican que el túnel es tan pero tan largo que comunica el templo con la iglesia de San Francisco en San Luis; es que las dos eran de los monjes franciscanos y en la época de guerras, los frailes podían ir y venir por abajo para conseguir víveres o ayudar a sus hermanos. Está lejos y quién sabe si el túnel sea amplio para ir en caballo o en carreta; a pie entre las dos iglesias han de ser muchas horas de caminar.

ALGO DE HISTORIA...

El origen de Villa de Pozos se remonta a 1592, cuando Diego de Tapia fundó una hacienda de campo para abastecer la demanda agropecuaria en los centros mineros de Cerro de San Pedro. En 1810 se hizo la primera delimitación territorial de este lugar conocido como San Francisco de Pozos. El 19 de julio de 1826 fue elevado al rango de municipio libre con el nombre de Pozos, el cual mantuvo hasta el 10 de octubre de 1946, cuando su territorio fue anexado al municipio de San Luis Potosí. El 23 de julio de 2024, por decreto aprobado por la LXIII Legislatura del Congreso del Estado, Villa de Pozos se convirtió en el municipio número 59 del estado.

Leyendas de espíritus benefactores

EL ROCKERO

Un 2 de noviembre se nos ocurrió ir al panteón Españita para conocerlo, dejar flores en las tumbas olvidadas y también algunas velas. Yo nunca había estado en ese panteón y la verdad no se me hizo muy llamativo, pues si lo comparas con la parte antigua de El Saucito y sus mausoleos de finales del siglo XIX o principios del XX, el Españita queda como un panteón bastante popular desde sus inicios.

A pesar de ser un día en que los panteones están llenos de gente, colorido y música, se me hizo raro que no hubiera tanta en el Españita. Anduvimos mi marido y yo caminando entre las tumbas, viendo fechas y nombres que no nos recordaban a alguna familia de apellido rimbombante potosino, y en algún momento nos separamos. De rato llegué a una tumba que me llamó la atención por tener como decoración una guitarra de madera en memoria de un muchacho rockero que había fallecido pocos años antes. Aparte de las flores recién puestas esa mañana y unos dibujos sobre la lápida con el rostro del músico, se veía que en la tumba había ofrendas que deja la gente en cualquier fecha y pensé que tal vez ese rockero había sido alguien famoso. Seguí caminando por ahí y vi que a lo lejos andaba mi marido; decidí alcanzarlo. Junto a él pasó un muchacho de cabello largo, ropa negra, fachoso, con cadenas. Mi marido dio vuelta para mirarlo en su andar. Cuando el muchacho pasó cerca de mí, sentí un escalofrío, no sé si por su aspecto, por su ropa de rockero tipo *dark* o metalero, o porque ese tipo de música y ambiente no me gustan. También me quedé viéndolo hasta que lo perdí de vista precisamente por los rumbos de la tumba del rockero.

Así hubiera quedado la cosa si no es porque mi marido me preguntó si había visto a ese muchacho y la tumba de un rockero. Le dije que sí. Él dijo, así como en broma, que seguramente nos habíamos cruzado con el ánima del rockero que ese día tenía permiso de andar entre los vivos, pero sin salirse del panteón. Lo dijo de tal modo que sentí algo extraño: asombro, fascinación o un deseo genuino de creer. "Pero el muchacho que pasó parecía tan real como nosotros", objeté. "Así es como vemos a las ánimas, y más en días como éste, de lo contrario nos asustaríamos de a de veras", dijo mi marido muy casualmente y sentí otro escalofrío.

Al día siguiente cenamos con unos amigos y salió a plática lo del rockero. Nos contaron que recordaban vagamente de un músico de la onda punk que se ahorcó y lo sepultaron en el panteón Españita porque había crecido por ese rumbo de San Luis. También contaron que, según decía mucha gente, algunos jóvenes iban o van a la tumba de ese muchacho para dejarle ofrendas y pedirle ayuda para salir de los vicios o tener éxito en sus carreras musicales. Y que sí, que el ánima del rockero ha obrado ese tipo de milagros para mucha gente joven.

Nota del autor: el rockero aludido en este relato, sobre cuya tumba fue colocada una guitarra de madera, se llamaba Alejandro. No existe epitafio, sólo hay algunos dibujos en la superficie de su lápida. Según cuentan los empleados del panteón Españita, el joven se suicidó y fue sepultado en la tumba de su abuela. El panteón fue obra por iniciativa de los pobladores de Tierra Blanca y comunidades aledañas y fue inaugurado en 1908.

JUAN DEL JARRO

De Juan del Jarro hay muchas historias que lo han hecho algo así como el personaje potosino más popular, incluso más conocido que otros hombres ilustres a quienes la historia oficial les ha dado un lugar preponderante, por bandidos que hayan sido. En cambio, la historia popular es la que le ha dado un gran lugar a Juan del Jarro, de quien no se sabe si llegó de Matehuala, de Charcas o de algún pueblo del Altiplano norte. Ahora con las esculturas que han puesto en las plazas, mucha gente que había oído o leído sobre él ya tiene una idea de cómo era físicamente. La suya está en la plaza de San Francisco y, si te fijas, el jarro brilla porque la gente lo toca pensando que puede traerle suerte.

Se han escrito muchos artículos, libritos y hasta biografías sobre Juan del Jarro, se han hecho estudios y le han agregado leyendas que quién sabe qué tan ciertas sean o si tienen un sustento histórico. Lo que parece ser cierto históricamente es que fue un pordiosero que vivía en el barrio de Montecillo y vivía en condiciones paupérrimas adentro de un horno abandonado y tenía como vecinos a otros pordioseros que dormían en viviendas de cartón. Trascendió a la historia porque iba de casa en casa a pedir limosna y echaba las monedas en el jarro, mientras que la comida la echaba en el morral que siempre traía, aparte de su saco y el sombrero de copa bastante desgastado. Al final del día repartía lo que había recibido entre los demás pobres y supuestamente muchas veces se quedaba sin cenar porque prefería que los demás comieran algo.

También se dice que era excelente versador y bueno para decir refranes, que la gente le daba alguna moneda con tal de escucharlo, y que eran refranes con mucho sentido común. Cuentan que una chava burguesa se quiso burlar de él una tarde que iba con otras amigas y lo vieron en la Plaza de Armas. La chava le dijo: "Dígame, gran adivino, ¿cómo se llamará el hombre que será mi esposo?", y él le contestó: "Algún día se casará, linda señorita, pero no con el padre de la criatura que lleva usted en el vientre". Sí, la chava estaba embarazada y ni a sus amigas les había contado. Fue tanta su vergüenza que les confesó a sus padres y ellos la mandaron a vivir con unos tíos a otra ciudad.

Yo no sé si en verdad Juan del Jarro adivinó eso, o era buen observador de la gente y algo vio en esa chava o lo dijo nada más para responderle su burla de esa manera, pero a partir de ese día, la gente empezó a decir que Juan del Jarro era profeta y que podía adivinar el futuro con sólo poner el jarro en su oreja. Poco a poco su fama de profeta creció y mucha gente lo invitaba a comer a su casa y disfrutaba de su compañía porque, según esto, aparte de sus refranes y profecías, era un hombre de cultura muy amplia y sabía de todo un poco. Yo pienso que en esto de que se codeaba con gente de todas las clases sociales hay más leyenda que realidad porque a un tipo rústico, que supuestamente se bañaba poco y con el aspecto andrajoso no creo que lo aceptaran en cualquier casa, aunque tuviera buenos modales.

Cuenta la historia que se pulió gracias a un doctor de nombre Anselmo Calvillo, que era muy respetado entre la sociedad potosina, y se convirtió en algo así como el benefactor o mecenas de Juan del Jarro y su legión de indigentes. Se reunían de vez en cuando y pasaban largas horas platicando de cualquier cosa. El doctor siempre le daba mucha comida para que llevara a los pobres y en ocasiones incluso acompañaba a Juan del Jarro, a petición de éste, para consultar a sus compañeros enfermos en el barrio de Montecillo, quienes obviamente no tenían para pagar a un médico particular, pero el doctor Calvillo lo hacía como servicio a la comunidad.

Según las crónicas de la época, cuando murió Juan del Jarro, en menos de lo que canta un gallo ya se sabía no sólo en Montecillo sino en todo San Luis y el pueblo se volcó a ese barrio para asistir al velorio. La misa de cuerpo presente fue en la parroquia de San Juan de Dios y la ofició el obispo con la ayuda de los cardenales. Así de importante era la figura de Juan del Jarro, un pordiosero ilustre. Luego lo enterraron en el panteón de Montecillo y comenzaron las leyendas.

En esto de las leyendas de apariciones y milagros yo no creo mucho, pero las leyendas sobre Juan del Jarro empezaron desde el día de su entierro porque mucha gente afirmaba haberlo visto que en tal o cual calle, que fue a tal o cual casa, que ayudó a equis persona que estaba necesitada de algo; o sea que afirmaban haberlo visto después de muerto. Luego también está la leyenda del jarro porque, según esto, aquel doctor Anselmo Calvillo lo mandó enterrar en algún lugar del desierto. Supuestamente, mucha gente ha buscado el jarro porque se dice que quien lo tenga en sus manos recibirá dinero eternamente y podrá profetizar cosas buenas y cosas malas. Y más reciente es la leyenda de su tumba en El Saucito. Mucha gente va a esa tumba a dejar ofrendas y pedir favores. Dicen que a muchos que andan apurados económicamente y no tienen ni para comer, al encomendarse al espíritu de Juan del Jarro les ha regresado la buena suerte, la fortuna, o sea que sí ha obrado milagros y que por eso hay testimonios para que la iglesia lo convierta en santo. Eso sí sería un milagro, tener un santo popular y potosino. En esto no sé qué creer, pero la fe mueve montañas, reza el refrán, y me inclino a pensar que la fe es la que obra milagros a esa gente que va a la tumba de Juan del Jarro.

ALGO DE HISTORIA...

Juan de Dios Azíos, popularmente conocido como Juan del Jarro, nació posiblemente en 1793, en alguna comunidad del municipio de Matehuala, y falleció el 9 de noviembre de 1859, en San Luis Potosí.

Existen dos versiones de su entierro: según el padre Montejano de Aguiñaga, los restos yacen en el templo de San Juan de Dios; la otra asevera que los restos fueron inhumados en la cripta de la familia Teissier en el panteón del Saucito, y se apoya en que allí se encuentra la lápida con la inscripción sobre el fallecimiento de Juan del Jarro.

Una tercera versión, que avala la anterior, afirma que originalmente Juan del Jarro fue sepultado en el panteón de Montecillo, pero cuando empezaron a construir los talleres del ferrocarril fue necesario retirar las osamentas para llevarlas y depositarlas en un osario en otro panteón. Al saber esto, una mujer potosina de nombre Ana Meza, viuda de Teissier y nieta del doctor Anselmo Calvillo, que había sido gran amigo de Juan del Jarro, solicitó a las autoridades trasladar los restos del personaje al panteón de El Saucito y enterrarlos en la cripta familiar. La exhumación y re-inhumación se llevaron a cabo en 1912.

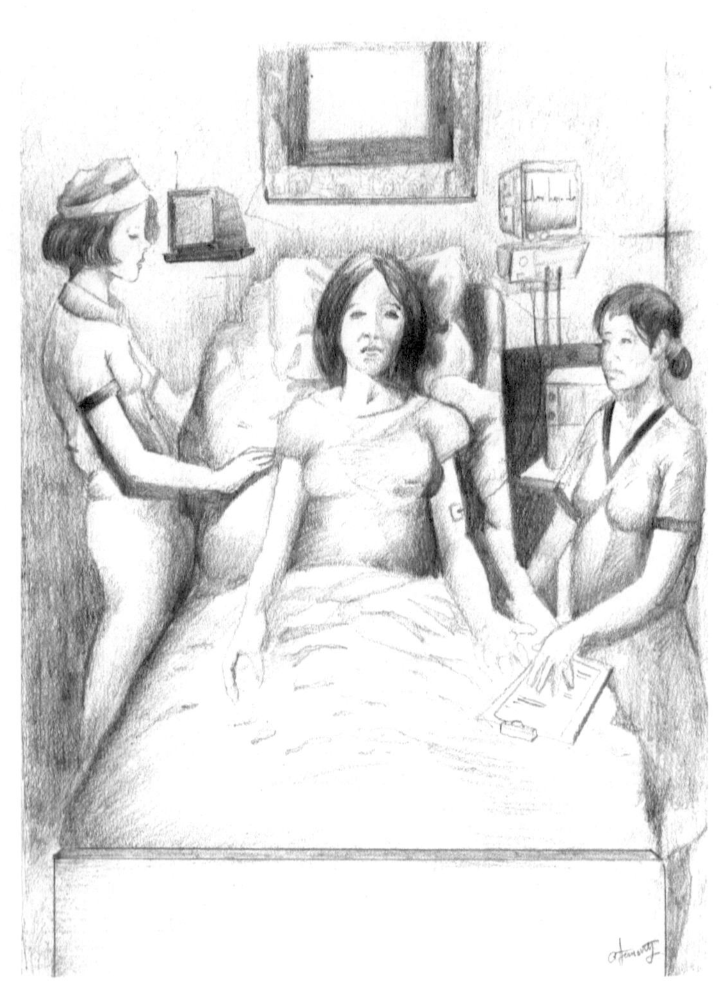

LA ENFERMERA

De leyendas yo me sé una que, aunque es leyenda, también fue realidad porque nos tocó vivirla. Fue hace como veinticinco años cuando a mi tía Sarita la internaron muy grave en el Hospital Central. Le hicieron dos operaciones y todos pensábamos que se iba a morir. Mi mamá estuvo bien triste todo ese tiempo porque ella y mi tía son hermanas gemelas. Yo estaba chiquilla, como de trece años, y me acuerdo que nos turnábamos para estar en el hospital con mi tía. Muchas veces me tocaba a mí sola y me quedaba en las tardes, hacía las tareas o le leía cuentos y poemas a mi tía porque no había tele en el cuarto, pero ella estaba inconsciente o siempre dormida. Otras veces se quedaba conmigo una de mis primas y también había veces que varios estábamos allí.

Me acuerdo que al cuarto muchas veces entraba una enfermera muy bonita y revisaba a mi tía. Le tomaba el pulso y la temperatura, checaba que todo estuviera en orden, y le tocaba la frente y le decía: "Ya está mejor, señora, ya está mejor". Mi tía agarraba fuerzas, se animaba, despertaba por un ratito, y siempre tomaba la mano de la enfermera y le daba las gracias. La enfermera no hablaba con nosotras, pero nos sonreía cuando se iba. Me acuerdo de ella como una muchacha joven, muy bonita, de pelo color castaño y piel blanca. No era muy alta y tampoco gorda ni flaca. Ahora ya de grande pienso que la verdad era raro ver a una muchacha así trabajando en ese hospital porque se veía como una muchacha muy educada, de buenas familias, con su uniforme muy limpio, mientras que había otras enfermeras bien toscas, con mal genio y desarregladas. Ellas entraban también al cuarto y checaban a mi tía y apuntaban algo en un cuaderno. No le decían nada a mi tía y ella no mostraba señales de recuperación cuando estaban esas enfermeras. Ahora que me acuerdo, era raro que la enfermera bonita nunca apuntara nada en el cuaderno. También era raro que entrara sola, cuando las otras muchas veces entraban de dos.

Y más o menos así pasaron –qué habrá sido– como 20 días de mi tía hospitalizada hasta que ya la dieron de alta. Me acuerdo que dos o tres días antes estábamos mi mamá, mis dos primas y yo en el cuarto con mi tía, que ya platicaba y se sentía mejor, cuando entraron la enfermera y el padre Juanito y rezaron con ella; nosotras también. La enfermera se fue y ratito después se fue el padre Juanito, pero antes de salir él le dijo a mi tía que ya se iba a aliviar y que regresaría a su casa antes del fin de semana. Todas nos pusimos bien contentas.

Cuando salió mi tía del hospital estábamos toda la familia allí, hasta mi abuelita y otros tíos. Ella le pidió al doctor que mandara llamar a la enfermera bonita para agradecerle por sus atenciones. El doctor le preguntó que cuál enfermera, pero no sabíamos cómo se llamaba porque nunca traía gafete y nadie le preguntó su nombre porque con nadie hablaba. Mi mamá, mi tío, también mi prima mayor y mi abuelita –todos habían visto a esa enfermera– le dijeron al doctor que la enfermera bonita, la que siempre andaba muy bien arreglada y la describieron de pe a pa. No, pues resulta que el doctor no sabía de quién estaban hablando. Llegaron las otras enfermeras y ninguna supo cuál era la compañera que describían.

Así quedó la cosa hasta que por pláticas en familia salió esto de la enfermera y por conclusión sacaron que a lo mejor había sido la enfermera de la leyenda, aquella que trabajó por muchos años en el hospital hasta que murió, pero su ánima sigue allí, ayudando a los pacientes que más lo necesitan. Creo que también le dicen la Planchada, que es una leyenda potosina muy conocida y muy parecida a ésta de la enfermera.

Me acuerdo que en esa plática mi tío, mi papá y otros dijeron que eran tonterías, que las leyendas son eso, leyendas, y nada tienen que ver con la realidad y menos en el caso de la enfermera que todos vimos porque era una muchacha de carne y hueso. Pero la verdad es que hubo muchas cosas raras con ella, por ejemplo, cuando entraba al cuarto a checar a mi tía, mi tía siempre reaccionaba, se animaba cuando la enfermera estaba allí. Pero lo más raro fue que la enfermera estaba en todos los turnos, días y noches, como si nunca se tomara un descanso. Y luego, mi tía Sarita siempre ha dicho que no se acuerda de la enfermera, pero siempre se acuerda que estando en la cama del hospital soñaba muchas veces que un ángel con mucha luz entraba al cuarto a cuidarla. Todos decimos desde entonces que era la enfermera de la leyenda.

ALGO DE HISTORIA...

El Hospital Central "Dr. Ignacio Morones Prieto" fue inaugurado el 17 de noviembre de 1946. Lleva tal nombre en honor al linarense Ignacio Morones Prieto (1889-1974), quien fuera un connotado médico en la ciudad y rector de la Universidad Autónoma de San Luis Potosí, Secretario de Salubridad y Asistencia y Director general del Instituto Mexicano del Seguro Social, entre otros cargos públicos a nivel federal.

LA ESCULTURA QUE LLORA

En años recientes empezaron a decir que en una de las tumbas que está en la sección antigua del panteón del Saucito han visto que la escultura de la virgen derrama lágrimas y eso mucha gente lo considera como un milagro o algo sobrenatural. Pero todo tiene una explicación y entiendo que ese asunto de la "virgen" que llora fue puro invento de un canal de televisión local que, hace como cuatro o cinco años, hizo una especie de documental para los Días de Muertos. La idea del programa era ilustrar esas fechas como una gran tradición mexicana y así tratar de desligarnos de la influencia del Halloween. Y para hacer el programa más interesante hicieron trucos con la cámara para que se viera como si la escultura estuviera llorando o simplemente abriendo y cerrando los ojos. Yo no vi el programa, pero me platicaron cómo estuvo y lo del truco. Entiendo que los de la televisora aceptaron que había sido un truco y tuvieron que dar una especie de disculpa pública porque mucha gente que vio el programa en verdad creyó que era real, tan real que hoy en día ya es leyenda.

Hay otras explicaciones a este fenómeno: para empezar, la escultura de la supuesta virgen no es en realidad una virgen sino una llorona, pero no la Llorona de las leyendas mexicanas. Como bien sabrás, en el arte funerario es común la imagen de una mujer llorando o de un ángel como símbolo del dolor por la muerte de un ser querido, y en el arte funerario se le llama *pleurante* (es un término francés). Y por otro lado, lo de las lágrimas resultó ser que encima de esa escultura hay un árbol –no sé si un pirul o un eucalipto– que derrama un tipo de resina y al correr sobre la cabeza de la imagen se chorreó esa sustancia en lo que vienen siendo los ojos de la escultura y eso, al captarse las manchas con la cámara de video, le dio más realismo.

Y bueno, yo a esto no le veo nada de misterio ni de leyenda. De todas maneras, lo que sí se me hace interesante es la actitud de muchas personas y la fe que tienen sobre cosas que consideran sobrenaturales o apariciones milagrosas. Aunque sean desmentidas científicamente, mucha gente sigue creyendo y así se forma la leyenda y se propaga. La escultura que llora en El Saucito es un buen ejemplo, porque en los últimos años no sólo van los curiosos a verla el Día de Muertos, sino que, según entiendo, en cualquier otra fecha va gente a dejarle ofrendas por los favores que les hizo, por los milagros que les cumplió. Entiendo que hay varios testimonios de personas que aseguran haber recibido un favor o milagro al encomendarse a esa escultura. Y bueno, cada quien está en su libre derecho de creer en lo que quiera, ¿verdad?

Nota del autor: la escultura referida en este relato se encuentra en la cabecera de la tumba de una familia de apellido Bustamante, fechada en 1895, la cual es muy visitada en distintas fechas del año, tanto por curiosidad como para dejar ofrendas a la imagen de la *pleurante*.

LOS NIÑOS EMPAREDADOS EN LA PRESA DE SAN JOSÉ

Desde hace muchos años se ha dicho que la presa de San José está azolvada y que deberían desaguarla para limpiarla en el fondo y así pueda captar más agua y esté más limpia. Incluso dicen que los directivos de la minera han ofrecido al gobierno el trabajo de desazolve sin cobrar un solo centavo, pero con la única condición de que ellos se quedan con el azolve con el propósito de extraer cualquier cantidad de mineral o plata que contenga. Según esto, los gobiernos de distintas administraciones no han aceptado la oferta porque, supuestamente, si hubiera mucho metal mejor sería que el gobierno desazolvara para quedarse con las ganancias, pero lo que pasa verdaderamente es que no quieren limpiar la presa porque en el fondo de la cortina hay muchas evidencias de crímenes perpetrados por gobernantes anteriores, de muchos desaparecidos que estaban en contra de tal o cual gobernador o alcalde y allí los aventaron amarrados de los pies con ladrillos muy pesados. De ser cierto esto, ha de haber cientos de cadáveres.

Algo más que cuentan de la presa San José es que en la base de la cortina hay un gran tesoro enterrado, un tesoro consistente en muchas joyas y monedas de oro que la gente donó cuando construyeron la cortina y que el tesoro fue así como una ofrenda. Quién sabe si sea cierto, pero a nadie le permitirían que explore el fondo para buscar ese supuesto tesoro, y no se lo permitirían porque aunque lo hallara, primero hallaría los cadáveres de tantos hombres

desaparecidos en la época de los caciques y tantos otros gobernantes que han hecho del crimen su mejor aliado para silenciar a la gente que se opone a sus tranzas y tantas mañas.

Pero tocante a las leyendas, sí, hay una leyenda que muchas personas cuentan de la presa de San José, o más bien de la cortina. Cuando la construyeron era la época en que mucha gente poderosa creía en el espiritismo y hacía rituales espiritistas. Al mismo tiempo se sabía que la presa iba a traer progreso a San Luis Potosí, pero también podría ser su desgracia si por cualquier causa llegara a reventarse. Entonces los espiritistas pidieron consejo a uno de sus líderes, o brujo mayor, y éste les dijo que para prevenir una catástrofe sería adecuado emparedar en la cortina a varios niños para que sus ánimas lloraran si se fuera a romper. De llegarse a oír el llanto de las ánimas, la gente estaría prevenida y la población podría ser evacuada a tiempo. De tal modo, secuestraron a varios niños y niñas y de manera ritual los emparedaron vivos en la base de la cortina.

Cuentan que hace muchos años, en septiembre de 1933, varias personas que sabían esa leyenda de los niños emparedados oyeron llantos fantasmales provenientes de la cortina y dieron aviso a las autoridades. Nadie les creyó y menos que sus fundamentos estuvieran basados en una leyenda. Pero el día 14 comenzó una lluvia torrencial que no paró sino hasta el mediodía del día 15. Por causa de la lluvia y los encharcamientos que había provocado, mucha gente no asistió esa noche a la Plaza de Armas al evento del Grito de Independencia. Aun así, la plaza estaba llena y a eso de las 11 de la noche, justo cuando el alcalde iba a dar "el grito", mucha gente comenzó a gritar que la presa de San José se había reventado. Todos los allí reunidos empezaron a correr rumbo a sus hogares, pero la policía les pidió que mejor huyeran hacia las partes altas de la ciudad, que eran el sector del santuario de Guadalupe o el de la ex hacienda La Tenería que hoy es el parque Tangamanga I. Muchos hicieron caso, pero otros no porque querían ir por sus familiares o salvar sus pertenencias.

Al día siguiente, el aspecto de la ciudad era de completa desolación. Mucha gente había muerto ahogada o desaparecido durante el caudal. Pero lo cierto es que la cortina de la presa de San José no se había reventado, sino que el desastre fue provocado porque se rompió la represa que había más abajo, entre donde está ahora la Plaza El Dorado y el barrio de Santiago. Todas las casas que había en ese sector fueron arrasadas y quienes lograron sobrevivir a la catástrofe fueron los que huyeron hacia las partes altas.

Han pasado los años y ha habido otros desastres de menor magnitud. No obstante, la conseja sigue vigente: el día que lloren las ánimas de los niños emparedados en la cortina de la presa de San José será el día en que venga la peor catástrofe jamás vista en San Luis Potosí.

ALGO DE HISTORIA...

La presa de San José se construyó gracias a una sociedad mercantil constituida por Matías Hernández Soberón, Felipe Muriedas y Blas Escontría. Los trabajos comenzaron el 19 de marzo de 1894 y se llenó por primera vez en septiembre de 1903. Treinta años después, en 1933, hubo una torrencial lluvia que se rompió la represa de La Constancia, provocando inundaciones en las partes bajas de la ciudad, especialmente en el barrio de Santiago. Hay una calle en dicho barrio llamada Ciclón, recordando aquella inundación.

Leyendas de personajes populares

EL "GALLO" MALDONADO

Me acuerdo que hace varios años tuvimos una gran reunión familiar en Semana Santa. Vinieron tíos y primos de México, de Monterrey y hasta los que viven en los Estados Unidos. Son muy amenas esas reuniones porque en las pláticas sale de todo, hasta las viejas envidias y enredos. Me acuerdo que estábamos cenando cuando una de mis primas contó que cuando estaba joven y andaba noviando, en dos ocasiones estaba muy acaramelada con su novio cuando llegó un tipo que les recitó poemas de amor y les presagió un futuro feliz. Una vez fue en la plaza de San Francisco y la otra en las escalinatas del Teatro de La Paz. Bueno, la predicción del tipo no funcionó porque mi prima terminó casándose con alguien de Guadalajara y allá ha vivido muy feliz. Con la plática salieron más del mismo tema y un tío contó que a él también le había pasado lo mismo, o sea que estando con una novia en la fuente de la plaza de Aranzazú se les acercó un hombre bien vestido y educado que les recitó poemas. Entonces los mayores les preguntaron cómo era el tipo, cómo andaba vestido y cosas así. Curiosamente los dos respondieron casi lo mismo, y eso que estaban hablando como de veinte años de diferencia. Concluyeron que no podía ser el mismo, ¿o sí?

Ya más entrada la plática, mi abuela contó de un personaje muy conocido hace muchísimos años aquí en San Luis y que a ella le tocó conocerlo de lejos, aunque no tuvieron amigos en común. Dijo que se trataba de un tal *gallo* Maldonado y nos contó su historia, más que nada trágica por causa de un desamor.

Resulta que allá a principios del siglo pasado vivió un muchacho de nombre Luis Maldonado que estudiaba en la universidad. Parece que fue un estudiante muy brillante y también apuntaba para ser un gran escritor. En esas fechas se enamoró de una muchacha de nombre Eugenia y en vez de que el amor le hiciera perder el rumbo o desatender sus estudios, Luis se entusiasmaba más y escribía poemas de amor muy apasionados. Cuando ya estaba por graduarse y conseguir un buen empleo, le pidió a Eugenia que se casaran y ella, muy enamorada también, le dijo que sí. Pero parece que los papás de ella no estuvieron de acuerdo porque eran de mejor posición social que Luis y pensaron que él no tendría futuro como poeta y no podría darle una buena vida a Eugenia con un salario de maestro. No sé cómo estuvo la cosa, pero de la noche a la mañana Eugenia desapareció de San Luis y, según mi abuela, parece que sus padres la mandaron a vivir a otra parte y allá le consiguieron un buen partido y se casó.

No se sabe nada más de Eugenia, pero el que terminó mal con ese desenlace inesperado fue Luis porque dicen que cayó en depresión, abandonó sus estudios y se volvió muy borracho y solitario. Dejó de tener amigos. Andaba en las calles hablando solo y siempre sucio, con la misma ropa, y la gente lo evitaba. Luego se volvió loco y muchas veces lo veían en las plazas declamando poemas. Esto podría ser bueno, pero cuando alguien maloliente y de mal aspecto declama sus poemas nadie se le acerca ni le deja dinero y hasta se burla de él. Así fue el caso con Luis Maldonado, según contó mi abuela.

Años después hubo una noticia que sacudió a la sociedad potosina. Resulta que encontraron al *gallo* Maldonado muerto de alcoholizado en la calle. Sus familiares le hicieron su velorio, se le hizo la misa y fueron al panteón a sepultarlo. Muchos viejos amigos estuvieron allí para darle la última despedida, pero no pudieron enterrarlo porque ya era muy tarde y los sepultureros ya se habían ido. Entonces tuvieron que dejar el ataúd en un cuarto especial del panteón para situaciones así y la familia y amigos regresarían en la mañana para concluir el sepelio.

Pero resulta que más o menos a la media noche, alguien tocó la puerta de la casa de los Maldonado y fueron a abrir. Casi les dio el soponcio con el susto porque el que estaba afuera era nada menos que Luis. En pocos minutos ya se sabía en todo el barrio que el *gallo* Maldonado había resucitado. Por más que le preguntaron cómo sucedió, él nunca supo responder y sólo decía que estuvo dormido mucho tiempo y que cuando despertó estaba en una caja de muerto, logró salirse y tuvo que brincarse la barda del panteón y llegar a casa caminando, descalzo.

A partir de entonces, Luis el *gallo* Maldonado tuvo una transformación radical: se hizo un hombre de bien, dejó la borrachera, consiguió un trabajo digno y siempre vestía con elegancia. La gente lo procuró de nuevo porque era muy dicharachero y tenía mucha cultura, además de que animaba las fiestas y reuniones con poemas suyos o ajenos.

Y más o menos así termina la historia de este personaje que debió haber muerto ya de viejo hace unos treinta o cuarenta años. Pero luego empezó la leyenda como les pasó a mi tío, a mi prima y a muchas personas más, según dice mi abuela. Resulta que muchas parejas han dicho que en la Alameda, en la plaza del Carmen y en otras plazas se les ha acercado un hombre bien vestido, con buena presencia y voz vibrante que les recita un poema y les presagia un futuro feliz de pareja. ¿Será el espíritu del *gallo* Maldonado que sigue rondando esas plazas? Igual y sí porque las leyendas tienen algo de cierto, ¿no?

ALGO DE HISTORIA...

Luis Maldonado nació hacia finales del siglo XIX. Fue estudiante del Instituto Científico y Literario, pero no terminó sus estudios y se dedicó al periodismo. Un día de 1918 encontraron a Luis tirado en la calle y pensaron que había muerto, víctima de la influenza española –pandemia que estaba cobrando millones de vidas a nivel mundial. Recogieron su cuerpo para llevarlo a sepultar, pero no pudieron hacerlo ese mismo día debido a los numerosos cadáveres en la fosa común. En realidad, Luis no había muerto sino que estaba totalmente ebrio. Así fue que a las pocas horas despertó y regresó a su casa. Vivió más de veinte años para contar su anécdota, falleciendo finalmente el 20 de febrero de 1940. Se le dio sepultura en una fosa del panteón del Saucito.

Nota del autor: según otra versión de esta misma leyenda, un sepulturero del cementerio atestiguó cuando Luis Maldonado despertó de su borrachera. Como pensaba que era un difunto más, le causó tanta impresión esa "resurrección" que le dio un infarto, muriendo allí mismo.

EL PADRE JUANITO

Yo me acuerdo bien del padre Juanito; me tocó verlo muchas veces, saludarlo y platicar brevemente con él. Nunca estuve en alguna de sus misas cuando oficiaba porque su parroquia era en Morales. Siempre lo recuerdo como un anciano, encorvado, chaparrito. Era muy bondadoso, sabía escuchar a los demás, darles consejo cuando se lo pedían y su voz daba tranquilidad.

Hay muchas cosas que cuentan de él, muchas anécdotas y leyendas, así como muchos testimonios de cosas sobrenaturales, por así decirlo. Por ejemplo, dicen que levitaba: mucha gente lo vio levitar mientras oficiaba misa, justo al momento de la consagración y hay testimonios de gente que lo vio levitar cuando él hacía sus paseos de meditación en los atrios de las iglesias o en el parque de Morales. A mí no me consta, pero tengo familiares que sí, quienes afirman haberlo visto levitando.

No sé si el padre Juanito haya tenido el don de la curación, pero una característica muy suya era la de visitar pacientes en los hospitales, hacer oración con ellos y si decía que se iban a aliviar, se aliviaban. O sea que más que tener el poder de sanación, él auguraba el final feliz de una enfermedad.

Otra característica muy de él era la de siempre llegar a tiempo para dar los santos óleos a un moribundo, ya fuera en el hospital o en la casa de él o ella. ¿Quién le avisaba? No se sabe, simplemente llegaba.

También cuentan que tenía el don o la facultad de estar en dos o más lugares al mismo tiempo, y eso sí me consta

Club
Deportivo
Potosino
12:00
pm

porque una vez me tocó verlo en dos lugares distantes con diferencia de pocos minutos y me quedé bien sorprendido y desde entonces tengo mi propio testimonio. Fue una vez que mi esposa estuvo hospitalizada en el Centro Médico del Potosí, antes de que se convirtiera en el Hospital Ángeles. Eran como las tres de la tarde cuando iba yo en el coche al hospital. En la esquina de Carranza para dar vuelta por el callejón que está entre el parque de Morales y el Deportivo, vi al padre Juanito que estaba platicando con unas personas. Llegué al hospital tres o cuatro minutos más tarde, me estacioné y fui directamente al cuarto para ver a mi esposa. Me quedé bien sorprendido de que el padre Juanito estuviera allí, diciendo una oración mientras tenía a mi esposa tomada de las manos. Nos saludamos y cuando se fue me dijo que no me preocupara porque mi esposa se iba a aliviar muy pronto. O sea, en menos de cinco minutos, o algo así, lo vi en dos lugares distantes y es en verdad imposible que él hubiera llegado primero que yo al hospital, y lo más curioso es que mi esposa me dijo que el padre había estado allí, rezando con ella, por casi media hora antes de que yo llegara. ¿Raro, no? Y eso no es todo, a los pocos minutos llegaron mis cuñadas y nos contaron que habían estado platicando con el padre Juanito en el restaurante y que les había dicho que su hermana, o sea mi esposa, ya se iba a aliviar. O sea que, sacando cuentas, estuvo en tres lugares al mismo tiempo.

Sé que el padre Juanito murió en 2012 y que sus últimos meses estuvo convaleciente, o sea que ya no podía salir a hacer sus paseos de meditación. Pero cuentan que en esas fechas lo veían en los hospitales visitando gente. Y aunque ya murió y lo sepultaron en la iglesia de Morales, mucha gente afirma que lo siguen viendo en los hospitales, haciendo oración con algunos pacientes.

El padre Juanito nació en el municipio de Villa Juárez, no sé si en El Tepozán o en Guaxcama, pero como no había Registro Civil lo llevaron a registrar a Rioverde. Mi familia es de La Carbonera –así le decimos a Villa Juárez– y unos tíos conocieron al padre Juanito desde que eran niños; creo que fueron compañeros de la escuela o del catecismo, no estoy segura. Cuentan ellos que desde niño tenía dones de curar a la gente. Si alguien se torcía un pie jugando en el recreo, por ejemplo, él ponía sus manos en la torcedura y así se curaba. Son pláticas....

Lo que sí es cierto es que acá en San Luis, el padre Juanito era muy estimado. Aparte de dar misas y estar en su parroquia, iba al hospital dos o tres veces al día, visitaba a los enfermos, les decía una oración, tocaba sus manos y eso los sanaba. Su poder de curación era más grande y más fuerte que los medicamentos y las recetas de los doctores. Pregunte por ahí a gente que haya estado hospitalizada y que haya recibido la visita inesperada del padre Juanito y verá cuántos dirán que los curó él.

ALGO DE HISTORIA...

El presbítero Juan Almazán Nieto, mejor conocido como el padre Juanito, nació en Villa Juárez el 27 de diciembre de 1915 y fue registrado en Rioverde. Se ordenó como sacerdote el 8 de junio de 1941 y a partir de entonces tuvo diferentes cargos en seminarios y capillas. Fue párroco de Tequisquiapam y en sus últimos años estuvo al frente de la parroquia de Morales. Murió el 16 de marzo de 2012.

LA BRUJA HUACHICHIL

Mi familia llegó de Espíritu Santo, un pueblito con hacienda en el municipio de Pinos, Zacatecas. Yo me acuerdo que mis abuelos nos contaban de una bruja huachichil que se llamaba Crescencia. Ella creció no sé si en la hacienda o en uno de los ranchitos y se crió con una tía suya que era curandera. Esa tía le enseñó a curar con yerbas y con rituales para ordenar los espíritus. La gente de aquel tiempo las procuraba para cualquier mal que tuviera, pero también se decía que en las noches ellas se convertían en lechuzas y se juntaban con otras brujas de las haciendas de Bocas y de Cruces –todavía hay muchas brujas en esos pueblos que antes fueron haciendas, eso dicen.

Entonces, según nos contaban mis abuelos, cuando los frailes llegaron a Espíritu Santo para enseñar la religión, empezaron a perseguir a los indios que no querían aceptar la religión y los acusaban de brujos. Así persiguieron a Crescencia y a su tía. Como Crescencia estaba jovencilla, se fue a vivir a otra parte y luego terminó viviendo en San Luis Potosí, donde encontró una chocita entre los indios tlaxcaltecas que ya estaban en el barrio de Tlaxcala. Casi no hablaba con ellos porque no se entendían, pero sí hablaba con los huachichiles en el barrio de Santiago.

Como ella no sabía hacer otra cosa que curar y no quería tener trato con los españoles, o sea trabajando de criada para ellos, se dedicó a su oficio, o sea curando a los huachichiles y a los tlaxcaltecas porque para ese entonces ya había epidemias y los indios se enfermaban muy fácil y hasta morían. Entonces, en poco tiempo ya se sabía de una

curandera muy famosa que vivía por los rumbos de esos barrios de Tlaxcala y Santiago. Hasta gente española iba a consultarla. Pero resulta que Crescencia era muy rejega y cuando los frailes la visitaban para decirle que fuera al catecismo, ella no les hacía caso; bueno, parece que ni siquiera les entendía. Y como tampoco se presentaba en misa, eso enojó a los frailes que la acusaron de brujería. Varias veces la amenazaron y hasta le prohibieron hacer curaciones, pero ella comoquiera se las ingeniaba para hacer lo suyo y la gente no creía en la mala fama que le hacían los padres de eso de la brujería y cosas así.

Tiempo después la acusaron de empezar una rebelión contra los evangelizadores porque, según dijeron los frailes, Crescencia amenazaba a los huachichiles y a los tlaxcaltecas de que si iban a misa los iba a convertir en zopilotes o ponerles un mal puesto. Y también dijeron los frailes que ella juntó a los indios para ir a quemar las iglesias y las casas españolas en el centro de la ciudad. No, pues con esas acusaciones luego, luego le hicieron juicio y la quemaron viva con leña verde.

Y así contaban mis abuelos esa historia de Crescencia, la bruja huachichil que llegó de Espíritu Santo y murió en la hoguera en San Luis Potosí. Pero también decían que cuando estaba quemándose gritó una maldición en su lengua, en huachichil, de que un día los espíritus del agua iban a destruir la ciudad y acabar con todos sus habitantes que tuvieran sangre española. Los frailes pidieron una traducción de esas palabras y se santiguaron para que no fuera a suceder.

ALGO DE HISTORIA...

En el Archivo Histórico de San Luis Potosí existe un documento sobre una mujer conocida simplemente como la bruja huachichil cúyo nombre no quedó registrado en las actas parroquiales por haberse negarse al bautismo. Fue acusada de brujería y de incitar a tlaxcaltecas y huachichiles a levantarse contra los españoles. Por esas razones fue juzgada por el capitán Gabriel Ortiz Fuenmayor, el Justicia Mayor, y ahorcada públicamente un día de julio de 1599.

Por otra parte, el historiador potosino Alexandro Roque incluyó una investigación sobre este hecho en su libro titulado *Tlaxcalilla. Sus primeros sueños* (Servicios Editoriales Debajo del Agua, 2004).

Nota del autor: el documento que está en resguardo en el Archivo Histórico consigna que la mujer murió ahorcada, no en la hoguera, como sugiere esta versión de la leyenda.

LA DAMA DE NEGRO

Mi papá, Juan José Corona, fue taxista muchos años hasta que dejó de trabajar por una enfermedad que se agravó y finalmente Dios se lo llevó a su santo reino. Él era muy dado a contar historias y nos contaba muchas que le pasaron en el trabajo, y más cuando le tocaba el turno de la noche. Decía que la leyenda de la dama enlutada seguramente fue cierta y que se hizo leyenda cuando la gente supo, empezó a contarla, la escribieron en libros y hasta hicieron videos. Y así se volvió una de las leyendas más conocidas aquí en San Luis Potosí.

De sus historias personales decía que la que más miedo le dio fue una noche que, en donde estaba una tienda de la Comercial Mexicana, en la Prolongación Muñoz, y ahora es una funeraria, subió a una mujer con dos bolsas de mandado y la llevó ahí cerca. Ella se sentó en el asiento de atrás y nada más le dijo que iba al edificio de departamentos que está atrás del Valle de los Cedros. Contaba mi papá que le dio mala espina esa mujer, que tenía algo raro, como muy triste, y que la miraba por el espejo. Luego, cuando pasaron por el Valle de los Cedros, bajó la velocidad y se fijó en el espejo y la mujer no estaba, ni las dos bolsas del mandado. Nos contaba que se puso bien nervioso porque no hubo forma de que esa mujer se hubiera bajado sin él darse cuenta y, además, el coche olía raro, como si la mujer esa hubiera dejado un olor raro.

Y así nos platicaba historias, unas feas de las veces que la pasó mal con los borrachos y una vez que lo asaltaron, y otras chistosas de parejitas muy acaloradas, por así decirlo.

Y lo de la leyenda de la dama enlutada, pues a él le tocó algo más o menos igual, pero fue varias veces, aunque no estaba seguro de que se tratara de la misma leyenda y decía que nunca sintió miedo ni se murió de susto como dicen que le pasó al taxista de la leyenda. Él hablaba de ella como la dama de negro.

La primera vez que le dio un servicio a esa dama vestida toda de negro, con guantes finos y cubierta con una mantilla que apenas dejaba ver su cara y su piel muy blanca, fue una noche que la vio afuera del templo de Santiago. Estaba sola y el rumbo, muy oscuro. Le hizo ella la parada y él la subió. La mujer le dio las gracias porque, dijo, había estado en el templo de Tlaxcala y tuvo que caminar hasta el de Santiago porque no encontró taxi, pero ya andaba muy cansada como para irse caminando hasta El Saucito. Mi papá le dijo que no era recomendable que una señora tan fina y bien arreglada anduviera sola a esas horas de la noche y que en un caso así mejor hablara al servicio de radio taxi. Ella dijo que lo iba a tomar en cuenta para la próxima. Total, ya no platicaron en el camino y la dejó en la esquina de Plan de Ayutla con la avenida grande, que es una de las esquinas del panteón del Saucito. Ella se quiso bajar allí, aunque mi papá insistió en llevarla hasta la puerta de su casa. "No se apure, señor, es complicado llegar hasta allá en coche, así que mejor me voy caminando", le dijo la mujer. Total, lo que pida el cliente, así decía mi papá. La mujer le pagó el servicio con billetes y él no los contó, nomás se los echó en la bolsa de la camisa. Pero ya cuando terminó su turno y llegó a la casa, se dio cuenta de que los billetes eran viejos, de antes, de los que ya no se usaban y le dio coraje que la mujer lo hubiera engañado así.

Cosa curiosa, como al tercer día que la vuelve a encontrar también casi a media noche afuera de San Miguelito, en lo que es la calle de Vallejo. Le hizo la parada y mi papá la reconoció porque andaba vestida igual, también tapada la cara con su mantilla negra. Primero pensó en no detenerse, pero luego lo pensó mejor y era una buena oportunidad para reclamarle. Antes de arrancar y preguntarle a dónde quería que la llevara le dijo lo de los billetes viejos y la mujer no supo qué responder más que había pensado que eran billetes que todavía se usaban. "Pues no, señora, esos billetes no sirven y si piensa pagarme con más de esos no la llevo", le dijo mi papá. "¿Acepta monedas?", le preguntó la mujer. "Sí, pero que valgan", contestó mi papá. Y en eso, como pago adelantado del servicio, la mujer le dio una esclava de oro que tiene colgadas tres moneditas de oro –esa esclava todavía la conserva mi mamá. Total, a mi papá se le hizo raro, pero llevó a la mujer rumbo al Saucito, otra vez. En el camino ella le contó que había estado en el templo de San Sebastián, en el de San Francisco y en el de San Miguelito, todo caminando sola a esas horas. Mi papá le preguntó por qué hacía eso de caminar sola y visitar iglesias. Ella le dijo que era una manda. Cuando llegaron al Saucito la dejó otra vez en la esquina de Plan de Ayutla. Le pidió a mi papá que si podía pasar por ella el viernes a eso de las ocho de la noche. Él dijo que sí y así quedaron.

Ese viernes mi papá llegó a esa esquina como cinco minutos antes de las ocho y de ratito vio que la mujer venía sola caminando por la banqueta de la barda del panteón, como si viniera de la entrada principal. Llegó hasta el coche y se subió, diciéndole a mi papá que la llevara a la catedral. En el camino, él le preguntó que de dónde venía, y ella dijo: "De donde es ahora mi casa". Raro, ¿no? Aunque la mujer no platicaba mucho, mi papá le preguntó si también pensaba ir a la iglesia de San Cristóbal, en lo que es el barrio de Montecillo, o al santuario de Guadalupe o a San Juan de Guadalupe o a la de Tequis, y ella le dijo que ya había estado en esas, y que también en la de San José, y que nomás le faltaba la catedral para completar las nueve. El tráfico estaba pesado esa noche y la mujer le pidió que por favor se fuera más rápido porque estaban en la hora de las ánimas y tenía que estar en la entrada de la catedral antes de las nueve. Pues lo que pida el cliente y mi papá aceleró y se fue por algunas callecitas sin semáforos hasta que llegaron a la parte de atrás de la catedral. Cuando llegaron, la mujer le preguntó cuánto le debía y mi papá no quiso cobrarle porque la esclava con las moneditas de oro valía mucho más que tres servicios. También le dijo a la mujer que podía esperarla o pasar por ella más tarde, pero ella dijo que no era necesario porque ahí mero terminaba su manda. Antes de bajarse del taxi, ella le dijo: "Si tiene tiempo, mande decir unas misas por las ánimas". Mi papá le dijo que sí, le cumplió y nunca la volvió a ver ni supo quién era ni cómo se llamaba esa mujer.

Y esa fue la mejor de sus historias que mi papá nos contaba hasta el final de sus días; la historia de la dama de negro que le tocó llevar para el pago de sus mandas. Siempre dijo que seguramente era el alma de una difunta que andaba buscando descanso y él le ayudó a su manera.

Nota del autor: no cabe duda que el contenido de este relato y su parte legendaria tiene muchas similitudes con "La dama enlutada", una de las leyendas más conocidas en San Luis Potosí. En dicha leyenda se menciona a un taxista que le da servicio a una elegante mujer vestida de negro, quien ha visitado los templos de los siete barrios originales de la capital: Montecillo, Santiago del Río, San Juan de Guadalupe, San Miguelito, San Sebastián, Tequisquiapam y Tlaxcala. Es relevante también la similitud con el hecho de que la mujer merodea los rumbos del cementerio El Saucito, pero el giro distinto es que concluye sus recorridos en la catedral. También de relevancia es la mención de la "hora de las ánimas", un concepto con gran carga simbólica en el cristianismo.

LA "LOCA" ZULLEY

Cuando éramos niñas, mi mamá nos llevaba a comprar pan cerca de la Plaza de Armas y me acuerdo que nos daba mucha curiosidad una mujer que pasaba por la calle vestida de novia y se sentaba sola en una banca de la plaza. Mi mamá nos decía que era la *loca* Zulley, una muchacha que se había vuelto loca porque la dejaron plantada en el altar. De aquel tiempo me acuerdo que la gente se le quedaba mirando y no faltaba el que le dijera de cosas y se burlara de ella, pero ella no decía nada, simplemente se quedaba sentada en la banca hasta que ya se hacía de noche y una de sus hermanas iba por ella.

Pasaron los años y me acuerdo que yo ya estando mayor, de vez en cuando iba al centro y me tocó ver a la *loca* Zulley sentada en la banca de siempre y vestida de novia, como siempre. Era una mujer muy envejecida y el vestido ya estaba muy gastado. Para entonces yo ya sabía más o menos su historia y, pobre, me daba lástima porque lo que le hizo su novio de dejarla plantada en el altar sí es cosa para que alguien pierda la razón por un tiempo, pero en su caso fue para el resto de su vida.

Hay libros que hablan de ella y también otros libros que cuentan la misma historia. Yo leí uno y dice que la muchacha se llamaba Claudia y el novio, Rodolfo. Era una pareja muy feliz con todos los arreglos para la boda. Los dos venían de familias bien y hasta ya tenían una casa muy bonita donde iban a vivir. Llegó el día de la boda y a la iglesia llegaron todos los invitados y también andaban por ahí los curiosos porque iba a ser una gran boda. La muchacha se bajó del coche, acompañada de sus damitas de honor y esperaron afuera de la iglesia que tocó las campanas llamando a misa. Segunda llamada y tercera llamada y nada que llegaba el novio. La gente empezó a murmurar cosas y la muchacha se mostraba fuerte y serena. Después de una hora la gente no se iba, pero seguía hablando entre sí. Entonces Claudia gritó: "¡Se murió Rodolfo! ¡Se murió Rodolfo!". Y pues imagínese el alboroto que se armó. No sé si realmente se haya muerto el muchacho, pero parece que nunca más lo volvieron a ver en San Luis ni se volvió a saber de él. El caso es que la pobre de Claudia perdió la razón y desde entonces todas las tardes se ponía su vestido de novia y se iba a la plaza a esperar que apareciera el novio. Dicen que cuando veía a un muchacho vestido muy elegante ella le decía: "Ay, Rodolfo, ya llegaste. Ahora sí vamos al altar que el padre nos espera". Pero no era Rodolfo y los muchachos que no sabían esta historia se reían de ella.

Así es más o menos lo que yo sé de esa muchacha que mucha gente de San Luis conoce como la *loca* Zulley, pero no tengo idea por qué lo de Zulley; a lo mejor ese era su apellido. Algo que no entiendo es que en los libros dicen que la boda iba a ser en la iglesia de San Miguelito y nosotras de chiquillas la veíamos en la Plaza de Armas y siempre pensé que se iba a casar en la catedral. Y, mire, aquí viene otra parte que para mí es misterio o leyenda. Verá, hace unos años llevé a mis nietas a la Plaza de Armas y les compramos globos. Andaban ellas muy contentas juegue y juegue. De rato llegaron hasta donde nosotras estábamos y nos dijeron las niñas que estaba una muchacha vestida de novia sentada en una banca. Así como con mucha discreción pasamos caminando cerca de la muchacha y sí, era una mujer vestida de novia y estaba sentada en la misma banca, sola. Me acordé de la *loca* Zulley, pero no dije nada.

Más tarde, ya en casa, le dije a mi hija que la muchacha que habíamos visto era muy parecida a la *loca* Zulley. Mi hija sabía la historia y me preguntó si la que habíamos visto era la misma o alguien que estaba allí como representando una obra de teatro. Yo le dije que no sabía, pero que se parecía muchísimo a la muchacha que me tocó ver cuando yo era niña. Hasta me asusté nomás de decirlo porque no podía ser la misma, o ¿sería su fantasma?

Y así ahora he escuchado pláticas de diferentes personas que sin saber nada de esta historia cuentan que en la Plaza de Armas o en San Miguelito han visto a una muchacha vestida de novia, sentada en una banca y hablando sola. ¿Será el ánima de la señorita Claudia que perdió la razón porque la dejaron plantada en el altar y ahora la conocen como la *loca* Zulley?

Notas de autor:

Claudia Soulé Mares es el nombre de quien ha pasado a la leyenda como la loca Zulley. Posiblemente Zulley sea una deformación fonética de Soulé, apellido de origen vasco. Se dice que fue sepultada en el desaparecido panteón El Tecuán, hoy Centro Escolar M. J. Othón, ubicado en Prol. Xicoténcatl y Zenón Fernández.

2. Según una versión más conocida de la leyenda, cuando demolieron el panteón y saquearon las tumbas, un joyero de nombre José encontró un anillo con una acerina negra engarzada en oro blanco que había pertenecido a Claudia Soulé; no se quedó con él ni lo vendió sino que decidió donarlo a la iglesia como pago de una manda y fue colocado en el dedo anular de la mano izquierda de la Virgen de la Soledad.

LA MALTOS

Una de las leyendas más famosas en San Luis Potosí es, sin duda, la de la Maltos, pero lo cierto es que son muchas las versiones que hablan de esta legendaria mujer y la mayoría coincide en que estando acusada de brujería logró escapar de su cautiverio en una de las habitaciones superiores del edificio Ipiña, y lo logró porque en una pared había dibujado, con piezas de carbón, una carreta jalada por un caballo negro. Cuando sus carceleros fueron a sacarla de la habitación para llevarla al juicio que terminaría en la ahorca, al abrir la puerta ella pronunció unas palabras mágicas que dieron vida al caballo. Se trepó en la carreta y riéndose a carcajadas salió a toda velocidad para saltar sobre el balcón al norte e irse volando ante el azoro de todos los que vieron aquella proeza o acto de brujería.

Las leyendas hablan de la Maltos, pero no dicen cómo se llamaba. Algunas aseguran que fue una hija del dueño de la casa, otras que fue una empleada que trajeron de la fábrica mezcalera Ipiña para que trabajara en labores domésticas e incluso se dice que pudo haber sido una nieta ilegítima de don Encarnación Ipiña. Algunas versiones afirman que la Maltos fue la mujer más poderosa en su tiempo aquí en San Luis Potosí, pues no había aspirante a gobernador o alcalde que no fuera a hablar con ella primero. Si la Maltos daba su visto bueno (o "dedazo", en el argot actual) el aspirante tenía la seguridad de ser candidato y gobernante. En lo que casi todas las leyendas coinciden es que fue una mujer mala, haya sido por bruja o porque se quedó muy amargada por no haberse casado o porque había sido maltratada en su niñez.

Una versión poco convencional de esta leyenda cuenta que en la época de la Revolución, los Ipiña huyeron a la ciudad de México y dejaron la casa al cargo de los empleados de mayor confianza. Pero llegaron los revolucionarios a San Luis y establecieron su cuartel precisamente allí. Fieles a su costumbre, saquearon lo que pudieron, pero no se les ocurrió robar o quitar de la pared un cuadro antiguo de una mujer joven, tal vez alguien de la familia Ipiña. Cuando la Revolución estaba en su apogeo y la casa tomada, cuentan que una noche la mujer del cuadro cobró vida y se salió del mismo. Ninguno de los revolucionarios reparó en ese hecho, sino hasta muchos días después, cuando empezaron a decir que en la casa sucedían cosas extrañas, se oía la risa de una mujer o se sentía una presencia fantasmal, pero lo que más los alarmó fue que cada noche desapareciera alguno de sus compañeros y no se volviera a saber de él. En primera instancia pensaron que eran desertores, pero al pasar revista y cuestionar a los vigilantes de la entrada, éstos afirmaban que Fulano o Zutano no había salido de la casa. Finalmente descubrieron, horrorizados, que los compañeros desaparecidos estaban muertos en un sótano de la parte trasera de la mansión. Por más que investigaron, jamás descubrieron quién había perpetrado los crímenes, pero cuando se dieron cuenta de que el cuadro estaba vacío, es decir, que la mujer pintada en él ya no estaba, concluyeron que debió haber sido el fantasma de ella o un acto de brujería. Y así, ante el temor de estar a merced de algo sobrenatural, decidieron desocupar la casa.

Aunque las versiones más populares dicen que la Maltos se escapó en una carreta fantasmagórica jalada por uno o dos caballos negros, todavía en la actualidad mucha gente afirma que en ciertas noches se ve la silueta de una mujer que anda en los pasillos de la planta alta del edificio o que una mujer vestida de negro se asoma por alguna ventana que da hacia la Plaza Fundadores o hacia el hotel Panorama, y lo extraño es que nadie vive en esa casa.

Ahí lo que es el edificio Ipiña ocupa toda la manzana, una de las más importantes de San Luis porque el dueño era un hacendado de lo más rico. En la esquina de lo que es Carranza con Independencia, que antiguamente era la parte trasera de la casa, había una tenería y esa tenería se llamaba Maltos y entiendo que tiene algo que ver con la historia de la bruja, la mentada Maltos, porque parece que era una muchacha que trajeron de algún rancho del señor Ipiña -hay una presa de Maltos allá por Guadalcázar, cerca del estado de Nuevo León, pero no sé si sea lo mismo. Entonces trajeron a esa muchacha a trabajar a la tenería porque como era medio india sabía curtir las pieles y cosas así. Pero como ella venía de sangre de los huachichiles sabía también cosas de brujería y a lo mejor ella hacía brujerías o era curandera o quién sabe, pero lo cierto es que la acusaron de bruja y por eso ya no la dejaron trabajar en la tenería, sino que la tenían encerrada en la parte de arriba de la casa. Y dicen que se escapó, se escapó como esa historia muy famosa de la leyenda de la mulata de Córdoba, es casi igualita la historia, la leyenda porque la Maltos de acá lo que hizo fue pintar en la pared un caballo con un carbón que traía -quién sabe dónde lo consiguió- y luego dijo unas palabras mágicas y el caballo cobró vida y ella se montó y salió a todo galope y brincó por uno de los balcones y se fue volando y nunca más volvieron a saber de ella.

ALGO DE HISTORIA...

El edificio Ipiña fue construido por el ingeniero Octaviano Cabrera Hernández entre 1903 y 1912. Don José Encarnación Ipiña ordenó y costeó la obra. El proyecto original incluía toda la manzana, pero quedó inconcluso debido al estallido de la Revolución y los obstáculos para adquirir los terrenos adyacentes.

Nota del autor: como antecedente cabe mencionar que la sección de la Avenida Carranza que abarca desde Reforma hasta la Plaza de Armas, antiguamente era llamada calle de Maltos, al igual que la tenería antes ubicada en una sección del actual edificio Ipiña.

Leyendas de tesoros

"AL QUE LE TOCA, LE TOCA"

En lo que ahora es la plaza de Los Tres Milenios, entre Reforma y Uresti, hasta hace unos quince años había una serie de casas muy deterioradas que tumbaron para llevar a cabo ese proyecto de mejora urbana. Yo recuerdo que de dos de esas casas platicaban cosas de espantos, sobre todo de la que estaba en el cuadro entre Melchor Ocampo y Cuauhtémoc, ahí donde no se extendió el proyecto de la plaza y quedó como un corralón o estacionamiento de patrullas y vehículos del municipio. Por años y años se decía que en esa casa se oían ruidos extraños y que se veían llamaradas.

Algo de cierto había con eso de las llamaradas porque conozco a personas que estudiaron en la secundaria José Ma. Morelos, que está enfrente, y cuando salían muy tarde de la escuela, al pasar por esa casa que en aquel entonces todavía tenía las paredes, oían ruidos y unos hasta se asustaron porque vieron llamaradas y pensaron que el patio se estaba quemando. Pero no era nada, sino llamaradas fantasmales que luego relacionan con tesoros, con gases de metales, con esqueletos.

Pues resulta que eso de que en esa casa había un tesoro muy grande era plática común en San Luis y, con tal de encontrarlo, los que traían el proyecto de la plaza de Los Tres Milenios consiguieron los permisos para extenderlo hasta ese punto, pero no les interesaba embellecer esa parte, sino tumbar la casa y con las máquinas y trascabos facilitar el trabajo para sacar el tesoro. Cuentan que todos los días estaban los interesados supervisando las obras de demolición y excavaciones, pero nada que salía el tesoro. Luego en las tardes, ya casi anocheciendo, cargaban los camiones de escombro que llevaban a tirar quién sabe adónde. Y así pasaron las semanas, con cada vez menos escombro y un hueco grande. Esas gentes se quedaban en la noche con aparatos rastreadores de metales y aunque de repente veían las llamaradas y hasta encontraban cosas metálicas sin valor, sí sacaron esqueletos, según entiendo. Parece que hasta contrataron a una médium o vidente para que les ayudara a encontrar ese tesoro y que esa mujer fue varias noches y siempre dijo que allí había muy malas vibraciones y que los espíritus de los muertos no querían entregar el tesoro. La mujer una noche se puso mala y ya no quiso volver porque dijo que no podía contra esos espíritus. Y luego, cuando encontraron los esqueletos, pensaron que más abajo estaría el cofre de oro, pero nomás llegaron al tepetate y parece que una de esas personas se enfermó, no sé si de susto o de algo sobrenatural.

Y así pasó la cosa. Nunca encontraron el tesoro y dejaron el asunto por la paz cuando encontraron los huesos. Pero, según cuentan, casi al final de los trabajos quedaba en pie una pared de adobe y estaba un camión recogiendo el último escombro. Entonces el chofer le dio de reversa y, a propósito, le pegó a esa pared para que cayeran los adobes en la caja del camión y así facilitar un poco el trabajo. Más tarde se fue con un compañero al tiradero a dejar el escombro y resulta que al estar vaciando el camión, que chorrean cientos de monedas de oro entre el escombro. Como dicen: "al que le toca, le toca". *N'ombre*, cuentan que los dos trabajadores recogieron todas las monedas y se largaron de allí, dejando el camión en marcha.

Esto se supo porque uno de ellos empezó a gastar su parte a lo loco y pagaba con monedas de oro que en la tienda, que en la cantina, qué sé yo. Y él fue el que contó el final de esta historia. Del otro no se volvió a saber más porque parece que fue más inteligente y se fue a vivir a otra ciudad con su parte del tesoro.

Cuando estábamos chamacos me acuerdo que como no había televisión entonces en las tardes que ya refrescaba la gente salía afuera de sus casas y se sentaba a platicar, se juntaba en una esquina, afuera del tendajo o de la casa de uno, donde fuera, y las pláticas eran de las cosas que pasaban o que habían pasado y las noticias y también los chismes y cosas así. Me acuerdo que contaban una cosa que pasó hace muchos años cuando vivía un hombre que tenía unos burritos y llevaban carga y leña entre San Luis y Escalerillas, que era su rumbo. Entonces pasaba todas las tardes ahí por una curva y oía como una voz que le decía algo, pero el señor no sabía qué era y se fijaba y nada, no había nadie y no le daba importancia. Una vez estaba platicando con unos amigos y les dijo que oía esa voz y los amigos le dijeron que a lo mejor era un tesoro que le querían entregar. Al señor no le interesó porque dijo que para salir de humilde era mejor trabajar que desear lo ajeno, pero les dijo a esos amigos en dónde mero era donde se oía la voz y pues a la próxima que pudieron esos amigos se fueron caminando más o menos a la hora que decía el hombre que se percibía la voz y sí, oyeron esa voz y buscaron y buscaron y vieron como un bulto de tierra removida así un poco afuera del camino y pues escarbaron tantito y encontraron un cantarito con monedas de oro de las de antes que sí valían. Entonces se confirma eso de que al que le toca, le toca como dicen por ahí.

ALGO DE HISTORIA...

La plaza Tres Milenios se encuentra entre las calles Reforma y Uresti. Su construcción, así como la del monumento ubicado a un costado del cruce con Avenida Carranza, comenzó a mediados de los años noventa del siglo pasado como un proyecto conocido como Complejo Vial Reforma. El proyecto tomó varias direcciones, dependiendo del gusto de la administración municipal en turno, quitando y poniendo esculturas o añadiendo elementos y extendiendo los espacios. Para el año 2000, dentro del marco de celebraciones del nuevo milenio, se inauguró oficialmente y posteriormente fueron tumbadas más casas ubicadas entre las calles de Cuauhtémoc y Melchor Ocampo. Este último sector sigue inconcluso.

EN EL PALACIO MERCANTIL

En cierta ocasión, al ir caminando por la calle Relox en San Miguel de Allende conocí a un hombre mayor que estaba parado justo enfrente de la Casa Cohen, donde existió una ferretería de judíos y aún conserva en su fachada estrellas de David, entre otros elementos ornamentales. Su hijo nos presentó, pues él sabía quién era yo y de mi trayectoria como escritor al haber estado en una presentación de uno de mis libros en San Luis. Su padre dijo haber nacido en San Luis Potosí, pero cuando estaba muy pequeño su papá consiguió un empleo en León, Guanajuato y para allá se mudó toda la familia, donde cada quien hizo su vida, pero ninguno perdió el contacto con la capital potosina.

"Sí sabe lo que es eso, ¿verdad?", me preguntó refiriéndose a las estrellas de David en la fachada del inmueble. [...] "Ándele, la estrella de los judíos. Le pregunto porque a usted le gusta lo de las leyendas y a lo mejor se sabe una leyenda de un judío en San Luis que se hizo muy rico. [...] ¿No se la sabe? Ah, bueno, entonces deje le cuento lo que mi papá nos contaba...

»En lo que es el Palacio Mercantil de San Luis, en el mero centro por donde está el Correo, según me acuerdo, vivían muchos judíos en la parte de arriba, en las casas o departamentos, y abajo tenían las tiendas. Decía mi papá que esos judíos llegaron a San Luis siendo gente muy pobre, que vendían lo que fuera de puerta en puerta, que eran muy trabajadores, eso sí, y que todos hicieron buena fortuna. Pero hubo uno que destacó de los demás porque de la noche a la mañana se hizo tan, pero tan rico que hasta compró un edificio de esos muy bonitos con locales comerciales que luego rentaba a los comerciantes y él con su familia vivía arriba, en la parte más alta; era un edificio en la esquina de Morelos con Juárez o con Obregón, pero creo que luego se quemó o lo tumbaron, no sé.

»Decía mi papá que él conoció a varios de esos judíos, aunque no tuvieron amistad. Los conocía porque iba a sus tiendas, unos tenían ferreterías, otros zapaterías, también telas y mueblerías y, como le digo, trabajaban mucho, a sus mujeres y a los hijos mayores los tenían también trabajando en las tiendas y así ahorraron para inscribir a los hijos en las mejores escuelas y luego mandarlos a la universidad. Gente honesta, pues. Todos destacaron con sus ahorros, pero nadie supo cómo uno de esos judíos se hizo tan rico porque por mucho que trabajara como los demás, ni uno se hizo tan rico. Luego decían que se sacó la lotería y cuanta cosa, pero nos contaba mi papá que ese judío se encontró un tesoro, eso lo hizo rico: un tesoro.

»Mire, la cosa más o menos fue así: ese judío empezó con un changarro en la calle Morelos donde vendía fiado en abonos; su mujer estaba todo el día en el changarro porque ese señor tenía un carretón y se iba a las orillas de San Luis a vender en abonos también. Como le iba bien y para ya dejar de andar yendo a las orillas a vender y cobrar todas las semanas, quiso ampliarse y entonces consiguió el local de al lado que se había desocupado. Para juntar los dos locales había que tumbar una pared y hacer arreglos, entonces le pidió permiso al dueño del edificio y sí, le concedieron el permiso. Pues resulta que abajo del piso estaba enterrado un esqueleto con una caja llena de monedas de oro. El judío así se hizo muy pero muy rico de la noche a la mañana y luego compró el edificio como a tres cuadras y rentaba locales a otros comerciantes.

»[...] del esqueleto... creo que lo volvieron a enterrar ahí mismo para no tener que dar explicaciones a las autoridades. Y de ser cierto esto que le cuento, el esqueleto ha de seguir ahí.

»De judíos mi papá contaba otras historias, que la mayoría de ellos había venido de Rusia y aquellos rumbos y que los señores hablaban muy chistoso, medio cortado el español, y los niños también hablaban chistoso aunque aprendían bien nuestra lengua en la escuela. Eso decía mi papá, yo no los conocí. También contaba que a uno de esos judíos lo mataron en la calle porque se hizo de palabras con un vecino que era mala paga y de mecha corta. Al asesino lo metieron a la cárcel, pero luego salió porque era amigo del gobernador. Lo sacaron en hombros de la penitenciaría porque había matado a un judío y eso causó que los judíos mejor se fueran de San Luis. Esto que le cuento fue allá por los años cuarenta y lo del tesoro que encontró un judío debió haber sido antes".

ALGO DE HISTORIA...

La construcción del Palacio Mercantil dio inicio en 1892, por órdenes del propietario del predio, Eduardo Meade Lewis, y quedó terminada en 1898. El arquitecto de esta obra estilo francés fue Henri Guindon, mientras que el trabajo de cantera que la distingue estuvo a cargo de un maestro canterero llamado Florentino Rico.

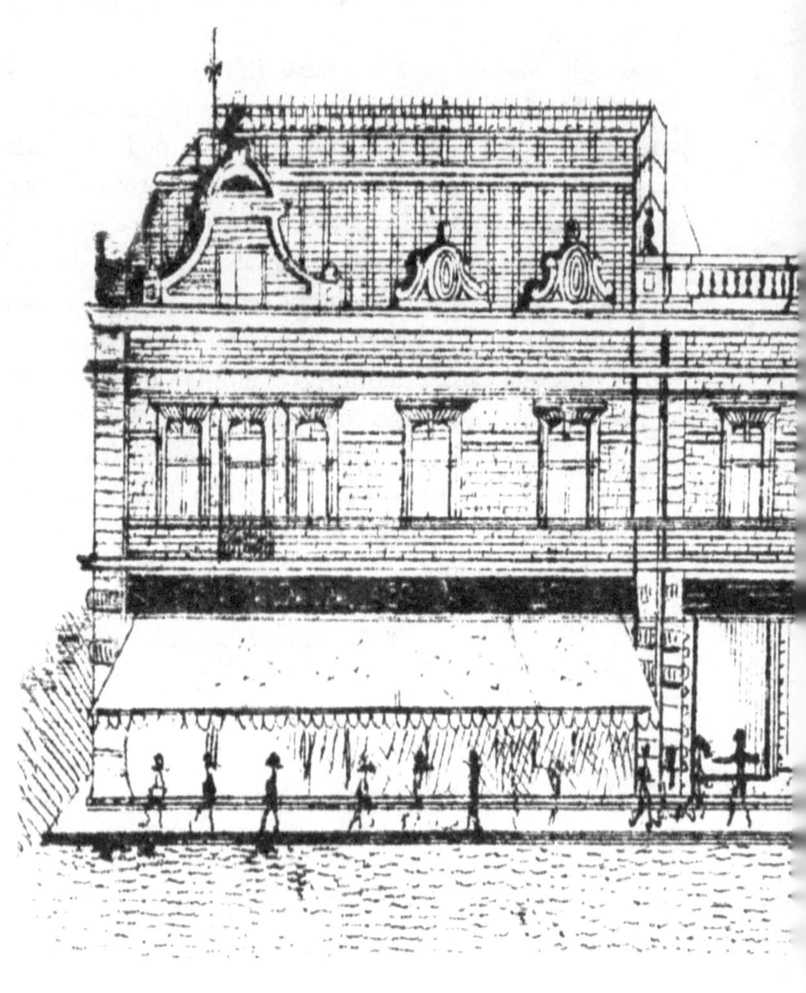

Nota del autor: para saber más sobre los judíos potosinos consúltese el libro *Judíos ashkenazitas en San Luis Potosí. Las familias*, de

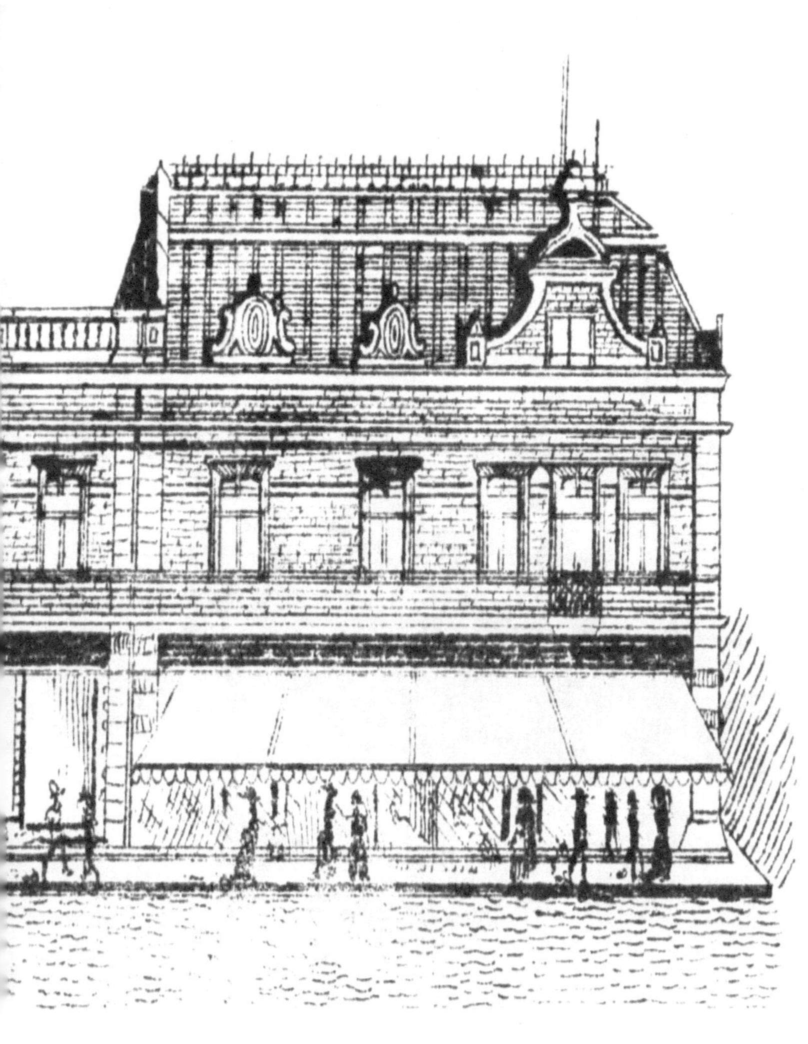

Homero Adame, Jesús Garza Herrera y Emilio Borjas Rubín de Celis. 2019. Disponible en Amazon desde 2024.

LA CAÑADA DEL LOBO

En lo que es la Cañada del Lobo suceden cosas misteriosas que nadie sabe ni cómo. Para empezar, dicen que se llama así porque hace muchos años, cuando ni siquiera existía la presa, había muchos lobos que bajaban a matar ganado y también atacaban a la gente. Después construyeron la presa y la gente empezó a ir de paseo. Resulta que desaparecieron varias familias cuando todavía había lobos y la gente creyó que los lobos se habían comido a las familias completas, pero eso no fue posible porque rastrearon y nunca encontraron huellas de lobo ni huesos de humanos. Lo que sí es posible es que esas familias se hayan caído en algún pantano porque allá hay pantanos, o sea, por muchos días buscaron y buscaron y miraban las huellas de las familias, señores y niños, pero no encontraron nada; de repente se perdían. Entonces las autoridades llegaron a la conclusión de que se habían perdido, o mejor dicho, caído en los pantanos y allí sí que ni cómo buscar adentro.

También en la presa ha habido muchos ahogados. Que yo sepa no es muy honda ni tiene raíces o cosas así, pero mucha gente ha muerto y no por andar borracha o por haber acabado de comer; nomás se meten a nadar y ya no salen con vida. Dicen que eso es por culpa de la magia y la brujería. Es que dicen que en la Cañada del Lobo hay mucha magia y brujería, pero esos son *decires* y la verdad yo no sé mucho. Lo que sí me han platicado es que hay gente que va en las noches y se mete entre las cañadas, muy retirado de la presa, y en lugares específicos hacen rituales de magia negra. Son grupos de gente o cofradías que también hacen sacrificios y ofrendas macabras. Esas son las leyendas que me sé de la Cañada del Lobo. Y sí es un lugar misterioso, muy solo entre semana y muy tenebroso de noche.

Lo que antes más se contaba de la Cañada del Lobo es que hace muchos años vivió allá una bruja, una mujer que vivía sola en una choza y no dejaba que nadie se acercara. Era bruja y la gente lo sabía porque ella bajaba a lo que es San Juan de Dios y en un mercadito atendía a la gente, les hacía limpias y arreglos de magia. Curaba o ponía hechizos buenos o malos, lo que le pidiera su clientela. Pero luego se supo que además de bruja y curandera, también robaba las diligencias; hacía hechizos y la gente en las diligencias no se daba ni cuenta de lo que pasaba. Para cuando acordaban ya los habían robado. Decían que la ladrona era esa mujer y que en un lugar de la cañada escondía lo que robaba y que así juntó un tesoro enorme, muy, muy grande, que nadie ha podido sacar, aunque sí lo han visto.

Según los *asegunes*, ese tesoro lo escondió la bruja en una cueva y echó un hechizo para que nomás se abra la cueva en Viernes Santo. El que quiera meterse, o los que se han metido, tienen que estar en la entrada de la cueva, que no se ve, al amanecer del Viernes Santo y con el primer rayo de sol se ilumina el cerro y se abre la cueva. Luego tienen pocos minutos para entrar y sacar el tesoro, pero no pueden agarrar nomás tantito, sino que tienen que sacar todo porque la voz de la bruja dice desde el más allá: "Todo o nada". Nadie ha podido salir con todo y muchos se han perdido adentro de la cueva porque cuando se cierra, si no han salido ya nunca van a salir. Los que cuentan esto es porque alcanzaron a salir sin nada del tesoro o porque no se metieron, se quedaron afuera esperando que otros amigos salieran con el tesoro y nomás vieron cómo se cerró la cueva y los amigos no salieron.

Dicen de Cañada del Lobo que la brujería, que los tesoros, que los encantamientos que hacen que la gente desprevenida se ahogue. Qué será cierto y qué no, ve tu a saber. Algo tiene, eso sí, y no sólo que es un lugar tranquilo, solitario como para ir de día de campo.

Platican que hay un centro ceremonial antiquísimo por allá, pero no en la mera presa, sino en algún lugar que solamente los elegidos, los de la cofradía saben. Esos de la cofradía se reúnen para eventos especiales, que un eclipse, que el solsticio o el equinoccio y hacen rituales. También hacen rituales de iniciación y cosas que no sabemos porque todo es muy secreto y lo poco que sabemos es por rumores. También cuentan que después de los rituales, los de la cofradía bajan a la presa y se bañan a media noche cuando es luna llena. Eso cuentan.

Siempre dicen que San Luis es una ciudad muy mocha, que la gente es muy persignada y cosas así. Eso dicen los que no saben porque también hay de todo y esto de los rituales mágicos que hacen en Cañada del Lobo, por ejemplo, son asuntos sobrenaturales.

ALGO DE HISTORIA...

La obra de la presa Cañada del Lobo inició en 1825 sobre terrenos de la orden de los agustinos, cuyo prior, fray Tomás Muñiz, los cedió en venta al ayuntamiento en octubre de 1828 por la cantidad de mil pesos, mientras que las afectaciones a las municipalidades de San Miguelito y San Juan de Guadalupe fueron indemnizadas por el mismo ayuntamiento.

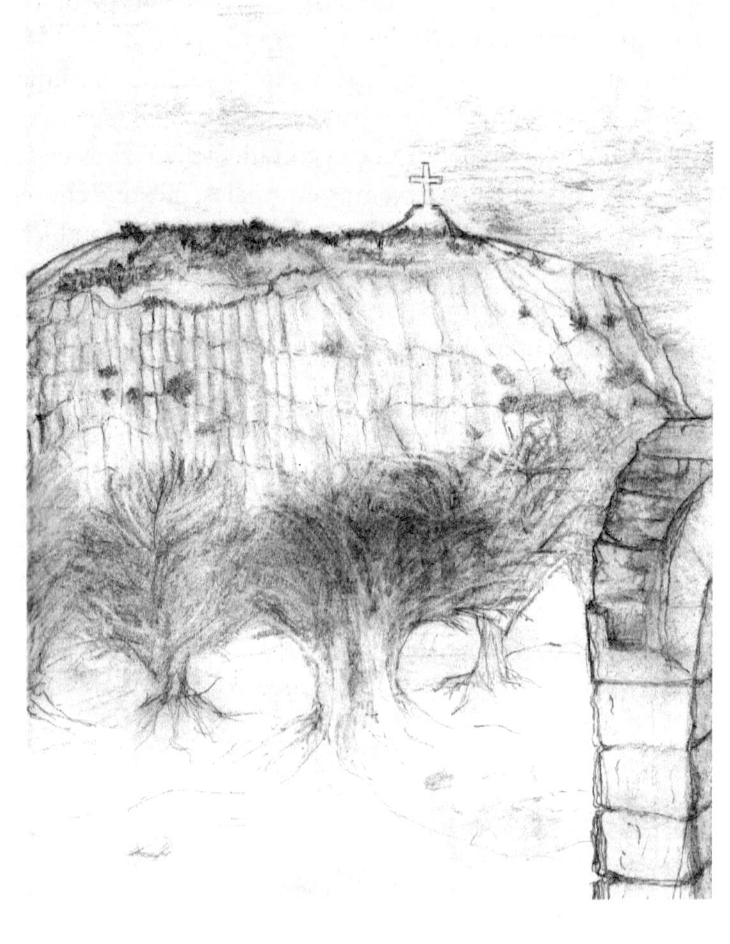

LA HACIENDA DE PEÑASCO

Siempre han dicho que en la hacienda de Peñasco hay tesoros, pero eso mismo dicen de todas las haciendas, como la de Melada o la de Bocas –de allá soy yo– y de muchas otras más. Yo me acuerdo que cuando estaba chiquillo íbamos una vez en carreta por el camino de herradura y pasando Peñasco, más adelante rumbo a Melada, pasó una caballada y se oía muy feo la tropelada. Yo me asusté y mi mamá nos cubrió a mí y a mis hermanos –habrá sido con su rebozo– y dijo que no era nada, pero el susto no se nos quitó con eso. Ya para ese tiempo no había nada de la cristiada ni tampoco de la revolución cedillista, entonces no tenía por qué haber gavillas que anduvieran robando; esto digo yo.

Años después iba yo con mi papá a caballo por el mismo camino en la tarde, ya pardeando, cuando oímos la tropelada y vivimos a lo lejos un montón de caballos que venían hacia nosotros, pero no eran nada; de repente ya no los vimos ni los oímos. Me acordé de aquel susto que tuve cuando era niño y mi papá dijo que eran las semejanzas de los antiguos huachichiles porque esos hombres robaban los caballos de la hacienda y también robaban comida y que mataron a varios de los trabajadores de ahí y se los llevaban arrastrando en los caballos.

Esto de los huachichiles tiene que ver con lo que cuentan del tesoro porque no es que el gran tesoro de Peñasco esté oculto en algún lugar adentro de la casa grande o de los cuartos *haciendarios*, sino que parece que los huachichiles se lo robaron y como a ellos no les interesaba el oro –a ellos les interesaban los caballos, la comida, los chivos– entonces ese dinero si no lo regalaron lo habrán enterrado quién sabe dónde, en algún lado por ahí, en algún cerro, en alguna abra o nomás lo habrán tirado. Es tan difícil saber dónde porque esto de las tropeladas que le digo se oyen y se ven en varias partes; entonces, digo yo, si las tropeladas indican por dónde puede estar ese dinero, entonces o son muchos los tesoros o los huachichiles lo regaron por todas partes. Está difícil saber.

Contaban los ancianos de antes que cuando la hacienda de Peñasco estaba en su esplendor que había muchas carencias, los hacendados trataban muy mal a sus peones –peor a los indígenas–, había muy poco que comer y la gente se vestía con las mismas garritas que tenía porque no acabalaba con el mísero sueldo que ganaba con su trabajo de sol a sol. Si alguien robaba algo, cuando iba a misa lo confesaba con el padre y como el padre pasaba revista de todo con el hacendado, su capataz se encargaba de darle muerte al ladrón. En cambio, a los naturales los mataban por el simple hecho de respingar o de echar una mirada de odio contra sus esclavizadores.

Pero narra una leyenda que los huachichiles eran muy largos, porque la largura de los seres humanos viene desde que se creó la vida en este mundo. Esos nativos tenían su *habitadero* en las cercanías y no se dejaban atrapar por los hacendados, cuyo propósito era el de obligarlos a trabajar como esclavos; en cambio, sí les robaban cada vez que podían y hasta liberaban a otros indígenas, aunque no fueran de su misma tribu –ellos detestaban la esclavitud y cualquier esclavo era como su amigo.

Cuentan que esos huachichiles subían al cerro Peñasco a un adoratorio que tenían en la cima. Allá hacían sus rituales de peyote para hablar con sus dioses y también aprovechaban para ponerse de acuerdo sobre cuándo y cómo atacar las construcciones de la hacienda. Cuando los vigilantes veían a los huachichiles en el cerro, subían en su persecución, pero nunca lograban atraparlos porque para cuando llegaban los caporales a la cumbre, los nativos ya no estaban; es como si desaparecieran o se esfumaran con el viento. Por dicha razón se cree que tal vez exista una especie de cueva o agujero que tenga un túnel o camino al antiguo *habitadero* de los huachichiles, y que por allí escapaban éstos cuando advertían que los españoles venían a darles caza.

Se dice que mucha gente de la actualidad ha buscado ese túnel, más con la idea de encontrar tesoros que por el interés arqueológico o histórico, pero nadie ha logrado dar con su ubicación.

ALGO DE HISTORIA...

La ex hacienda de Peñasco tiene sus orígenes en el siglo XVII como estancia de ganado menor propiedad de Pedro de Soto Alegría. A lo largo del tiempo tuvo otros dueños, como Pedro Diez del Campo, Juan Torres de Villasana e Isabel Maldonado Zapata. Toma su nombre por el emblemático cerro pedregoso en las cercanías, mismo que se le dio al título nobiliario de conde de Santa María de Guadalupe del Peñasco otorgado al capitán Francisco de Mora y Luna, quien fuera otro de sus dueños entre los siglos XVIII y XIX.

Nota del autor: la segunda versión de esta leyenda fue publicada originalmente en el libro *Mitos y leyendas de huachichiles*. Secretaría de Cultura del Gobierno del Estado de Oaxaca, 2008. Reeditado en 2024 y disponible en Amazon.

LAS RELIQUIAS DE LOS AGUSTINOS

Un tío de mi mamá fue por muchos años el párroco de San Agustín. A él le tocó estar al frente de la parroquia en la época de la Guerra Cristera, cuando anduvieron los ejércitos haciendo tantos desmanes en San Luis. Cuentan mi mamá y sus hermanos que aquel tío era muy celoso de los bienes de la iglesia y se preocupó muchísimo cuando el rumor de que venían los revolucionarios a la ciudad era muy fuerte; se preocupó porque bien sabía lo que estaban haciendo en otras ciudades y pueblos: asaltando y cerrando las iglesias, amedrentando a los feligreses y, sobre todo, persiguiendo y hasta fusilando a los curas.

Para proteger las reliquias del templo de San Agustín, que eran muy antiguas desde la época de los frailes, decidió esconderlas. Era tan celoso de sus deberes y de los bienes a su cargo que ni siquiera le pidió ayuda al sacristán; él sólo ocultó el tesoro de las reliquias. Nadie más supo dónde.

Él vivía a un lado de la iglesia, que era algo así como la casa parroquial. La casa no era una construcción tan antigua como el templo u otras partes del convento, pero había una cocina vieja con chimenea. Entonces, en algún punto junto a la chimenea escarbó y escondió todas las reliquias y sólo dejó en la iglesia las de menos valor por si acaso los bandidos llegaban a robar aunque la iglesia estuviera cerrada por órdenes del gobierno.

Y así pasó aquella época tan difícil para la población y en especial para los católicos. Y por esas fechas el tío de mi mamá falleció de viejo y a la tumba se llevó el secreto.

Desde entonces, a mucha gente le quedó la curiosidad de qué había pasado con las reliquias de San Agustín. Incluso algunos chismosos dijeron que el párroco las había vendido. Pero también había gente interesada en encontrarlas y no necesariamente para regresarlas al templo. Y así fue cómo esos interesados idearon el proyecto de remodelar el atrio de San Agustín y ampliarlo, para lo cual se requería tumbar algunas construcciones adyacentes, como la casa del párroco, para de tal modo mejorar el aspecto del conjunto (que vilmente dejaron inconcluso). Empezaron los trabajos de remodelación y los interesados estaban siempre al tanto porque buscaban el tesoro. Con mucho cuidado demolieron las paredes, levantaron los pisos y finalmente encontraron las reliquias en la cocina, junto a la chimenea. ¿Qué fue de ellas? No se sabe, aunque parece que sí devolvieron algunas a la iglesia para que el asunto no quedara como un vil robo.

A mí me han platicado de un tesoro que encontraron en el templo de San Agustín cuando los del INAH y los del gobierno remodelaron el atrio, tumbaron unas casas sin valor arquitectónico y dejaron a medias los trabajos. Los dejaron a medias porque hallaron el tesoro que querían, o sea las reliquias que un padre enterró cuando la Guerra Cristera. Pero lo que esas gentes no sabían –o a lo mejor sí, pero se confundieron con lo que hallaron– era una plática muy antigua, una leyenda, de que en el templo de San Agustín había una entrada a la red de túneles que comunica a las iglesias entre sí. Parece que eso de los túneles está documentado porque, supuestamente, algunos exploradores los han recorrido y han hecho mapas, pero no tienen el mapa de la red completa. Y la plática antigua aseguraba que en lo que fue la casa del padre se oían ruidos extraños, como cantos, y también se veían llamaradas. O sea que mucha gente de antes sabía o creía que en ese lugar debía estar un tesoro enterrado, un tesoro de la época de los frailes.

Cuando remodelaron el atrio y lo dejaron a medias se llevaron el tesoro consistente en las reliquias, pero aquí viene lo bueno, según me han platicado: los veladores decían que en las noches seguían oyéndose ruidos, cantos, que de repente se veían llamaradas salir de la nada, del suelo. Y pues no faltó el curioso que se puso a buscar el tesoro, aunque ya se sabía que otros habían hallado las reliquias. Y ahí estuvo haciendo como que trabajaba en la remodelación, pero en realidad andaba buscando la entrada al túnel. Y tuvo la suerte de encontrar más bien un sótano donde había muebles antiguos, libros y, en un rincón, algunas calaveras. Dicen que esa persona ya no volvió al trabajo y nunca se supo más de él, que seguramente halló y se llevó un tesoro más antiguo que los del INAH y los del gobierno no tenían idea de su existencia.

ALGO DE HISTORIA...

La orden de los agustinos se estableció en San Luis Potosí en 1599 bajo la guía de fray Pedro de Castroverde. Hacia 1615, la construcción del templo y el convento estuvieron a cargo de fray Diego Basalenque. Su torre barroca es uno de los mejores ejemplos de dicho estilo en la capital potosina. A mediados del siglo XIX se agregaron algunas viviendas que cubrieron la portada lateral (poniente) del templo, entre las cuales estaba la casa del párroco.

TODO POR ENVIDIA

Dicen que la envidia es mala consejera y que también cuando hay envidia se extravían las cosas. Esto viene a cuento porque un amigo de mi papá me platicó una cosa bien rara que le pasó y jura y perjura que fue cierta. Eso fue una vez que él y dos amigos más encontraron un tesoro.

Hace varios años, la abuela de ese señor se murió y luego de que le dieron sepultura, sus hijos y nietos decidieron limpiar la casita donde había vivido y regalar o tirar lo que no sirviera. Entre tanto tiliche encontraron un libro viejo y adentro del libro estaba bien dobladito un derrotero, o sea un mapa viejo, hecho en piel de cabra y pintado con sangre. Nadie de la familia sabía de ese mapa y tampoco le dio importancia, pero este señor sí y se quedó con él. Según esto, el mapa o derrotero nombraba calles de alguna ciudad o pueblo, puros nombres raros de calles, o sea que quién sabe dónde era esa ciudad o pueblo.

Una vez, este señor les enseñó el mapa a dos amigos que se juntaban con él para echarse sus tequilas y cervezas los fines de semana. Entonces luego de verlo, uno de ellos le dijo que eso era aquí en San Luis Potosí, o sea que las calles eran de San Luis, pero eran los nombres antiguos. Él sabía porque se fijaba que en las esquinas de muchas calles hay placas de cerámica con los nombres antiguos. Y ahí estuvieron discutiendo qué podría ser ese mapa, si de un tesoro o algo así, y el amigo ese dijo que iba a investigar.

La siguiente vez que se juntaron les dijo el amigo que sí, que era un mapa en el barrio de Tlaxcala y que se refería a una casa en equis calle –creo que una de las que están allá por Aquiles Serdán o Juan Álvarez. Fueron a buscar esa casa y era una muy vieja que estaba abandonada y cayéndose. "Pues a meternos a ver si el mapa coincide con lo que hay adentro", dijeron. Y sí, se metieron por una puerta rota y anduvieron caminando entre escombros de los techos caídos, la basura y la maleza. El derrotero marcaba unos arcos y un árbol, pero el árbol ya no existía; los arcos sí. Más o menos calcularon dónde podía estar el supuesto tesoro y dieron con el punto. Entonces se pusieron de acuerdo para escarbar la noche siguiente.

Al día siguiente, los tres amigos, cada uno por su lado, preguntaron a la gente mayor si sabía de quién había sido esa casa y cosas así. Muchos dijeron que era una casa embrujada porque asustaban, porque se oían ruidos de cadenas arrastrando y también se oían llantos. No, pues ya con eso estuvieron seguros que había un tesoro. Y a buscarlo, se ha dicho.

Esa noche llegaron los tres con picos y palas y cuerdas y se pusieron a escarbar. Llevaron lamparitas de petróleo para alumbrarse porque en esa casa abandonada no había luz eléctrica. Hicieron un pozo bien hondo hasta que dieron con el tepetate. Nada, allí no había nada. Estudiaron el derrotero otra vez y se dieron cuenta de que a lo mejor se habían equivocado por unos cuantos metros. Entonces empezaron otro pozo. Cuando se tomaban un descanso y le entraban a las cervezas y los tequilitas, hablaban de sus planes, de qué pensaban hacer con su parte del tesoro: que comprar una casa, que comprar un coche, que meterla al banco. Y así ya tenían repartido en tres partes iguales el tesoro y lo que pensaban hacer con su parte correspondiente.

Como a las cinco de la mañana, ya bien cansados, al dar un golpe con el pico que suena diferente. Órale, le habían pegado a una caja o a algo de madera. Y que avientan las palas y los tres amigos con las manos empezaron a rascar hasta que sí, dieron con una caja de madera, un baúl grande que tenía un candado viejo, oxidado. Con el pico rompieron el candado y abrieron el baúl. Se quedaron los tres con la boca abierta cuando vieron las monedas de oro, puras monedas de oro que brillaban con la luz de las lámparas de petróleo. Y que empiezan a agarrarlas a puños llenos y a echárselas a las bolsas. Y también empezaron a arrebatárselas entre ellos, al grado de agarrarse a golpes. Cuál repartición ni qué nada. El que agarre más, pues agarra más. Y terminaron peleándose gacho que hasta quedaron bien ensangrentados.

Cuando empezó a clarear el día, ya estaban más calmados del pleito y dijeron que tenían que cumplir su palabra y repartirse las monedas equitativamente entre los tres. Dijeron que sí. Empezaron a sacar las monedas que cada uno se había echado en las bolsas y ¡ma!, cuál oro, ¡eran puras bolitas de carbón! También lo que quedaba en el baúl era puro carbón.

Eso fue lo que le pasó a un amigo de mi papá y jura y perjura que fue cierto. Dijo que por la envidia que sintieron, el oro se convirtió en carbón. Lo más gacho de esta historia o leyenda es que a los pocos días uno de sus amigos se murió por causa de los gases que salen del dinero enterrado, del metal. Según los médicos, tenía los pulmones envenenados. Y se murió por causa del oro enterrado que por envidia se convirtió en carbón.

ALGO DE HISTORIA...

El barrio de Tlaxcala data de 1592, cuando se fundó para establecer a las familias tlaxcaltecas que eran aliados de los españoles durante la conquista de estas tierras. Fue en 1605 cuando los frailes franciscanos fundaron un convento junto a la capilla ya existente. El actual templo franciscano fue dedicado a Nuestra Señora de la Asunción.

UN TESORO MALDITO

Mi papá cuenta una historia de algo que pasó hará como unos cuarenta años en el barrio de Tequis cuando se suicidó un chavo que se llamaba Óscar. Era un chavo normal que no tenía problemas con su familia ni en la escuela, ni vicios tampoco. Era muy amiguero y con su novia era de lo más cariñoso. Pero sucede que una vez él y otros amigos empezaron con el brete de sacar un tesoro que decían estaba enterrado en alguna parte del jardín de la casa de Óscar; era una casa muy grande. Decían que había un tesoro porque en esa parte del jardín se oían ruidos y de vez en cuando se veían luces en las noches. Óscar les pidió permiso a sus papás de escarbar y le dijeron que sí, pero sin hacer tanto mugrero y con la condición de tapar el pozo cuando terminaran, además de repartir algo del tesoro. Se pusieron los chavos a escarbar y parece que estuvieron en eso como tres o cuatro noches. Abrían un pozo y cuando se daban cuenta de que ya era imposible seguir más abajo, abrían otro y con la tierra que sacaban tapaban el anterior. Así estuvieron hasta que una noche encontraron un esqueleto completito que tenía entre sus brazos una cajita donde estaban las monedas de oro. Los amigos de Óscar se asustaron y se salieron del pozo, pero Óscar fue el que le quitó la cajita al esqueleto y la abrió todavía estando abajo. No era un tesoro muy grande, pero repartieron las monedas en partes iguales, incluyendo la parte para los papás de Óscar, que al fin y al cabo eran los dueños de la casa. Y así todos felices y contentos y colorín, colorado…

Pero aquí viene lo raro que pasó después. Óscar empezó a tener dolores de cabeza y pesadillas, todas las noches.

Decía que oía voces y carcajadas bien feas. Le cambió el ánimo y se hizo medio mala onda con todo mundo. Nadie entendía su cambio de actitud y hasta su novia perdió con él porque a cada rato la dejaba plantada y siempre le decía de groserías y la trataba mal públicamente. Luego empezó a deprimirse y casi no salía de la casa y faltaba a la escuela. Sus papás se preocuparon bastante y lo llevaron al médico para hacerle análisis y cosas así, pero no tenía nada; estaba sano físicamente. También lo mandaron con un psicólogo para que lo ayudara.

Una mañana, los papás encontraron a Óscar ahorcado en el jardín de la casa, allá por donde habían sacado el tesoro. Ese fue un golpe muy duro para la familia, primero por perder a un hijo, pero más por perderlo de esa forma porque, como es sabido, siempre queda una mancha social en las familias de alguien que se suicida. Y para echarle más problemas emocionales a la familia, el párroco no quiso dar la misa porque dijo que los suicidas quedan fuera del reino de Dios por haber atentado contra su propia vida, que es un don divino. La familia tuvo que buscar otro sacerdote y como era una familia bien, hablaron con el obispo y él mandó a un padre que ofició la misa en la capilla del panteón del Saucito y no en la parroquia de Tequis.

Desde el suicidio, los mismos papás de Óscar y sus hermanos la pasaban mal en su casa. Tenían pesadillas y oían la voz de Óscar pidiendo auxilio porque el espíritu de aquel esqueleto lo tenía atrapado y, además, había manifestaciones sobrenaturales en la casa. Fue un tiempo muy feo para ellos hasta que decidieron irse a vivir a otro lado. Pero antes de irse llevaron a un exorcista para que hiciera algo y que el espíritu de Óscar encontrara descanso. La casa estuvo a la venta mucho tiempo, pero nadie la compraba y tampoco la rentaban porque era una casa grande y tenía mala fama por lo del suicidio. Creo que finalmente la vendieron, pero ya no existe porque los nuevos dueños la vendieron más adelante y el que la compró lo hizo porque tenía el proyecto de hacer unos departamentos, así que la tumbaron.

ALGO DE HISTORIA...

A finales del siglo XVI, el barrio de Tequisquiapam, mejor conocido como Tequis, fue ubicado extramuros hacia el poniente de la traza original de la ciudad. El primer templo, dedicado a Nuestra Señora de los Remedios, fue edificado hacia 1831 y demolido en 1914 cuando se amplió la Avenida Carranza. La construcción del actual templo comenzó en 1966, según diseño del arquitecto Enrique de la Mora.

VOCES EN LA OSCURIDAD

En mi familia cuentan una historia que le pasó a un hermano de mi abuelo cuando vivía cerca de lo que fue la hacienda de La Pila. Él trabajaba en la obra, salía de su casa muy temprano y regresaba ya anochecido, bien cansado. Tomaba un camioncito que lo dejaba a orilla de la carretera y caminaba hasta la casa con ganas de ver a su familia, de cenar algo calientito y dormirse temprano. Siempre que pasaba por unas tapias caídas oía como si varias personas estuvieran platicando. No las veía porque ya estaba oscuro y nomás les decía buenas noches. Así era casi todas las noches hasta que esas personas le empezaron a hablar. "Oye, Chago, ven y ayúdanos a sacar un cajoncito", le decían. Mi tío abuelo no les hacía caso. Una vez le platicó a su hermano, o sea a mi abuelo, de eso y él le dijo que a lo mejor eran ánimas que querían darle algo. No, pues con eso le dio miedo y ya no volvió a pasar por ahí de noche. Pero un domingo pasó por ahí y oyó las voces, pero no había nadie junto a las tapias ni en los alrededores; nomás había unos mogotes y un pirul viejo y de allí salían las voces "Ven, Chago, y ayúdanos a sacar un cajoncito".

Otro día le contó a su hermano lo que había oído donde no había gente y mi abuelo estuvo seguro que eran voces de unas ánimas que le querían dar un tesoro. "A la próxima que te digan algo pregúntales qué quieren y qué te dan a cambio", le dijo mi abuelo. Y sí, se armó de valor y una noche que venía del trabajo se fue caminando por ese rumbo de las tapias caídas y cuando oyó las voces que le hablaban les preguntó lo que le había aconsejado su hermano. "Si prometes darnos cristiana sepultura, pedir unas misas para nuestro descanso en el Santuario de Guadalupe, prender unas velas y hacer una donación a la iglesia, te damos el tesoro que nos encomendaron cuidar. Pero tienes que sacarlo nomás tú solo sin ayuda de nadie", le dijeron. Y él dijo que estaba de acuerdo y les preguntó que cuándo sería mejor escarbar. Le respondieron que cualquier día a media noche para que nadie anduviera de fisgón. También le dijeron que el cajoncito estaba entre las raíces del pirul, pero debajo de los cimientos de la tapia.

Un sábado en la noche que había boda en el pueblo, el hermano de mi abuelo pensó que era el mejor momento porque todo mundo andaba en la fiesta. Entonces agarró el pico y la pala y fue a escarbar donde le habían dicho las voces fantasmales. En menos de una hora encontró dos esqueletos y debajo de ellos estaba un cajoncito de madera. Se asustó con lo de los esqueletos y no sabía qué hacer con ellos, así que se fue corriendo a su casa por un costal y se llevó el cajoncito que metió debajo de la cama. Luego regresó al pozo y echó los esqueletos en el costal y tuvo tiempo para tapar el pozo. Volvió a su casa y escondió el costal en el gallinero. Luego fue a ver lo que había en el cajoncito y eran bastantes monedas de oro. Se preocupó de que alguien se las pudiera robar, así que esa misma noche enterró el cajoncito en el jardín.

Muy temprano en la mañana, como todo mundo estaba desvelado, fue al panteón y metió el costal con los esqueletos en una tumba que estaba medio destapada. Nadie lo vio y eso le dio mucho gusto porque así nadie le iba a preguntar nada. Luego le platicó a su mujer lo que había hecho y le enseñó el cajoncito con las monedas de oro. Ella le dijo que tenía que esperar al lunes para ir al santuario y pedir las misas y dejar la ofrenda. Así lo hizo y el lunes fueron juntos, pidieron nueve misas para las ánimas en pena y dejaron varias monedas de oro en una de las alcancías. No quisieron dárselas al padre o a la mujer de la notaría para que nadie sospechara. Como no llevaban mucho dinero, fueron al centro y vendieron algunas de las monedas de oro donde las compran y con eso compró bastantes cirios, dejando unos prendidos en el mismo santuario y otros en el templo de lo que fue la hacienda.

Y así, el hermano de mi abuelo cumplió la promesa con las ánimas y vivió bien por el resto de su vida. Se llevó a toda la familia a Monterrey, compró casa y a sus hijos les dio buenos estudios en la universidad. También ayudó a mi abuelo y a otros hermanos y años más tarde ayudó con dinero cuando estaban arreglando el templo de la hacienda.

ALGO DE HISTORIA...

La hacienda de La Pila tuvo su origen como parada en la ruta México–San Luis Potosí y como hacienda agrícola, siendo su primer propietario Juan de Zavala, hacia 1595. En ese tiempo, Cerro de San Pedro se encontraba en bonanza minera y se fundaron numerosas haciendas de beneficio, carboneras, agrícolas y ganaderas en la jurisdicción de San Francisco de Pozos, aunque La Pila estaba adscrita a la del Valle de San Francisco. Al igual que la mayoría de las haciendas en el actual estado de San Luis Potosí, La Pila tuvo varios propietarios por herencia o compra-venta; entre ellos, Matías Díaz de la Madrid, hacia 1643.

LIBROS DE LEYENDAS DEL MISMO AUTOR:

El pueblo festivo (Novela). 1ra. edición: SMA, Guanajuato. Enero 2025.

Mitos y leyendas del norte de México. 1ra. edición: CdMx. 2024.

Mitos y leyendas de Nuevo León. 1ra. edición: SMA, Guanajuato. Octubre 2024.

Creencias, mitos y leyendas de animales. 2da. edición: SMA, Guanajuato. 2024.

Haciendas del Altiplano. Historia(s) y leyendas. Tomo I. Grandes latifundios virreinales. 2da. edición: SMA, Guanajuato. 2024.

Mitos y leyendas de huachichiles. 2da. edición: SMA, Guanajuato. 2024.

Haciendas del Altiplano. Historia(s) y leyendas. Tomo II. De la Independencia a la Revolución. 2da. edición: SMA, Guanajuato. 2023.

Mitos, relatos y leyendas de todo San Luis Potosí. 3ra. edición: SMA, Guanajuato. 2025.

Mitos, cuentos y leyendas de Nuevo León. Regiones Citrícola y Sur. 1ra. edición: Guadalajara, Jalisco 2022.

Leyendas de todo México. Aparecidos y fantasmas. Editorial Trillas. México. 2016.

Mitos y leyendas de todo México. Editorial Trillas. México, D.F. 2010.

Los títulos subrayados están disponibles en **Amazon**, en la categoría «Biblioteca Homero Adame».

AGRADECIMIENTOS

Aprovecho este espacio para agradecer a varias personas quienes, con sus conversaciones, contribuyeron a la recreación de las leyendas incluidas en este libro.

Informante	Leyenda
LEYENDAS DE FANTASMAS	
• Doña Luchita	Ánimas en el túnel del templo del Carmen
• Toribio González	El carretón de los cadáveres
• Santiago Lozano Vallejo	El carruaje de la muerte
• Antonio Medina, Déborah Chenillo Alazraki, Eva Ortega Jiménez, Guillermo Édgar Perucho, Lorena Díaz y Mario Dimas	El Centro de las Artes, espacio fértil de leyendas
• Juan Manuel Martínez	El *cojo*
• Ignacio Valladares	El monje encapuchado
• Jesús Miranda	Historias y misterios en el Seguro Social
• Juan Marcos Hernández	La bailarina del Teatro de la Paz
• Elizabeth Mata y Joaquín Valles	La Llorona
• Mtra Claudia Quezada y estudiantes del Instituto Educativo Franco Potosino	La niña en la zapatería
• Lorenzo López	Sangre en la alfombra
• Manuel Suárez	Un monje en Rectoría
• Hortensia Andrade	Un bulto oscuro y el charro negro
• Joaquín Medina y doña Mague	Un pacto con el diablo
LEYENDAS RELIGIOSAS	
• Jorge Borjas Benavente, Juan Manuel Ortiz, Josefina Vázquez, Rubén Martínez y doña Lucha	El convento de la Merced
• Doña Ramona y Baltazar Díaz	El santuario del desierto
• Armando Zapata	El Señor del Saucito
• José Rosario Saldaña	Los barcos de cristal
• María Rosales y Felipe Zapata	San Francisco en los túneles

Leyendas de espíritus benefactores

• Emilia Suelos	El Rockero
• Marcelo Torres	Juan del Jarro
• Sara Fernández	La enfermera
• Jorge Borjas Benavente	La escultura que llora
• Jesús Miranda, Elena Covarrubias, Elías Martínez y Salvador Estrada	Los emparedados de la presa de San José

Leyendas de personajes

• Raúl Núñez	El *gallo* Maldonado
• Antonio Ortega y Ernestina Carvajal	El padre Juanito
• Rogelio Mata	La bruja huachichil
• Juan Carlos Corona	La dama de negro
• Guadalupe Suárez	La *loca* Zulley
• Juan Manuel Martínez, Rosa María Flores Hernández, Lucinda Gutiérrez, Gonzalo de Santos y Samuel Mascorro	La Maltos

Leyendas de tesoros

• Sebastián Macías y Aída Torres	"Al que le toca, le toca"
• Ramiro Cázares	En el Palacio Mercantil
• Jesús Miranda y Martín Santaolaya	La Cañada del Lobo
• Carmen Ortuño y Arturo Saenz	Las reliquias de los agustinos
• Leobardo Esqueda e Hilario de la Rosa	La hacienda de Peñasco
• Luis Eugenio Sánchez	Todo por envidia
• Lucila Rivas	Un tesoro maldito
• Santiago Castro	Voces en la oscuridad

Ilustraciones e imágenes

Por Verónica Elías Arriaga, páginas: 16, 22, 34, 42, 54, 62, 86, 106, 110, 116, 120, 124, 128, 138, 148, 156, 160, 164, 168.

Por Antonio Martínez Martínez, páginas: 50, 64, 70, 78, 82, 90, 94, 98, 102.

Por Dra. Patricia Grounds, páginas: 58, 152.

Por Generador de imágenes de Microsoft Bing con tecnología de DALL E3, páginas: 20, 32, 38, 46, 74, 132.

Por Homero Adame con uso de Photoshop, páginas: 26, 72, 84, 136.

Las imágenes en las páginas 41, 73, 122, 142 y 167 fueron tomadas del grupo en Facebook de Imágenes Históricas de San Luis Potosí y recreadas con Photoshop.

Páginas 146 y 147: http://cronologiassanluispotosi.com/1905-palacio-mercantil.html

BIBLIOGRAFÍA

Adame, Homero. *Mitos y leyendas de huachichiles.* Secretaría de Cultura del Gobierno del Estado de Oaxaca, 2008.

Mead del Valle, Eduardo y Begoña Garay López. *Haciendas del Altiplano potosino.* Universidad Autónoma de San Luis Potosí, San Luis Potosí, SLP, 2010.

Kaiser Schlittler, Arnoldo. *Breve historia de la ciudad de San Luis Potosí,* San Luis Potosí, SLP. Gobierno del Estado de San Luis Potosí, 1992.

Kaiser Schlittler, Arnoldo. *Leyendas y tradiciones de San Luis Potosí,* San Luis Potosí, SLP. Kaiser Editores, 2010.

López Austin, Alfredo y Luis Millones. *Los mitos y sus tiempos.* Ediciones Era, 2015.

Monroy Castillo, María Isabel. *Historia mínima de San Luis Potosí,* San Luis Potosí, SLP. Dirección de Cultura Municipal, 2010.

Montejano y Aguiñaga, Rafael. *Del viejo San Luis. Tradiciones, leyendas y sucedidos.* San Luis Potosí, SLP. Ediciones Kaiser y Librería Española, 1995.

Montejano y Aguiñaga, Rafael. *Guía de la ciudad de San Luis Potosí,* San Luis Potosí, SLP. Gobierno del Estado de San Luis Potosí, Sexta edición, 1988.

Vargas Mergold, Angélica Violeta. "La empresa metalúrgica Industrial Minera México en San Luis Potosí. Problemas ambientales con soluciones incoherentes". Tesis para el grado de Doctora en Ciencias Sociales por el Colegio de San Luis, A.C, 2016.

www.ingramcontent.com/pod-product-compliance
Lightning Source LLC
LaVergne TN
LVHW091422190726
843491LV00006B/1552

* 9 7 8 6 0 7 2 9 5 0 2 6 9 *